TRANSLATION SERIES:
OVERSEAS STUDIES ON CHINESE OPERA

海外中国戏曲研究译丛

● 主编
　梁燕

英语世界
李渔戲曲研究论集

● 柳存仁等　著
● 赵婷　译

LI YU'S DRAMA IN THE ENGLISH LENS:
A RESEARCH ANTHOLOGY

团结出版社
UNITY PRESS

图书在版编目（ＣＩＰ）数据

英语世界李渔戏曲研究论集 / 柳存仁等著；赵婷译
. —北京：团结出版社，2024.1
（海外中国戏曲研究译丛 / 梁燕主编）
ISBN 978-7-5126-8680-9

Ⅰ. ①英… Ⅱ. ①梁… ②赵… Ⅲ. ①李渔（1611-约
1679）-古代戏曲-文学研究 Ⅳ. ① I207.37

中国版本图书馆 CIP 数据核字 (2021) 第 047106 号

出　版：团结出版社
　　　　（北京市东城区东皇城根南街 84 号　邮编：100006）
电　话：（010）65228880　65244790　（出版社）
　　　　（010）65238766　85113874　65133603（发行部）
　　　　（010）65133603（邮购）
网　址：http://www.tjpress.com
E-mail：zb65244790@vip.163.com
　　　　tjcbsfxb@163.com（发行部邮购）
经　销：全国新华书店
印　装：三河市东方印刷有限公司

开　本：160mm×230mm　　16 开
印　张：10.5
字　数：122 千字
版　次：2024 年 1 月　第 1 版
印　次：2024 年 1 月　第 1 次印刷

书　号：978-7-5126-8680-9
定　价：65.00 元

北京外国语大学 2020 双一流重大标志性项目

项目名称：中国戏曲海外传播：文献、翻译、研究

项目号：2020SYLZDXM036

项目主持人：梁　燕

《海外中国戏曲研究译丛》（8 册）

语种：俄、日、德、英、意、法 6 种。

总　序

　　"海外中国戏曲研究译丛"是我主持的北京外国语大学 2020 双一流重大标志性项目"中国戏曲海外传播：文献、翻译、研究"的大部分成果，分别是《14—17 世纪中国古典戏剧：杂剧史纲》（姜明宇译）、《中国京剧和梅兰芳》（张西艳译）、《中国戏曲的德语阐释》（葛程迁译）、《中国的易卜生：从易卜生到易卜生主义》（赵冬旭译）、《讲述中国戏剧》（赵韵怡译）、《18、19 世纪英语世界的戏曲评论》（廖琳达译）、《中国戏曲在法国的研究》（李吉、李晓霞译）、《英语世界李渔戏曲研究论集》（赵婷译）8 册，包含俄、日、德、英、意、法 6 个语种。

　　我所在的北京外国语大学国际中国文化研究院是一个以研究中国文化在世界的传播与影响为主要领域的研究机构，多年来这支研究队伍除了在海外汉学 / 国际中国学方面取得卓越成果，还肩负着培养高层次研究型人才的任务。这套译丛就是我在同事们的协助下，通过青年学术人才培养的方式取得的一个颇具北外特色的翻译书系。

　　三年来，我以此研究项目汇聚了 11 位青年学者，在海外中国戏曲研究的方向上，深入挖掘海外学者的相关研究文献，经过多语种的翻译，呈现了中国戏曲自古代至当代在世界的传播与影响，并在其中增添了《中国戏曲翻译研究》（张利群著）、《20 世纪英语世界的中国京剧研究》（马旭苒著）两部论著。

　　我于 2010 年开始从事海外中国戏曲研究，当年秋天我被北京外国语大学引进到中国海外汉学研究中心（国际中国文化研究院的前身），作为一名长期在中国戏曲史论、中国京剧史论中耕耘的学者，我在北外一边做着中国戏曲的教学与普及工作，一边在汉学研究前辈的启发下开始了中国戏曲海外传播的文献整理和研究。同时从那时起我招收的博士研究生以及后来的博士后研究方向都是围绕着"海外中国戏剧研究""中国戏曲海外传播研究"来进行的。时至今日，这一项目的研究团队成员中有我指导的 5 名博士和 3 名博士后，她们成了项目的主力军。随着相关研究人才的增加，我率领研究团队于 2017 年、2018 年、2019 年、2022 年、2023 年举办了"中国戏曲在亚洲""中国戏曲在欧洲""中国戏曲在北美""中国戏曲在海外""跨文化视野下明清宫廷戏曲文献与古籍数字化研究"等全国性、国际性的学术研讨会，引起学界的广泛关注，新华社、中新社、《光明日报》、《人民日报》（海外版）、《中国艺术报》等新闻媒体都做了报道，产生了良好的社会反响。

学术研究的前提是文献的整理与翻译，这套译丛的内容有当代俄罗斯学者关于中国明杂剧的研究专著，有现代日本学者关于梅兰芳 1919 年访日演出的文字记述，有当代德国学者关于中国京剧理论家齐如山的系统研究，有当代挪威学者关于易卜生及其剧作在中国的影响与接受研究（该译著虽非戏曲专论，但以中西戏剧交流为题的精彩研究亦被收入译丛），有当代意大利学者关于中国戏曲历史的叙述，有 18、19 世纪英美文学与戏剧中关于中国戏曲的评论，有 19 世纪上半叶法国学者关于中国元杂剧作品的研究，有当代北美学者关于中国清代戏曲作家李渔的专论。不难看出，学术性和前沿性是此套丛书的一大特点。

我们的翻译团队基本上是以北外的博士和博士后为主体，多语种特色和戏曲研究的学术训练成为他们能够胜任这些译著的优势。对此我们还专门成立了译丛编委会，编委会由院内外俄、日、德、英、意、法

6 个语种出身的 10 位教授及副教授组成，他们分别为每册译著做了专业性把关。同事们对青年译者的悉心指导，为这套译丛提供了质量保证。当然由于我们的水平有限，错误、讹误一定存在，还请方家多多批评指正。

感谢学校在"双一流"建设中给予的强有力支持，为教师科研成果的产出和高层次人才的培养创造了优质的学术环境。

感谢为此项目倾心付出的所有同仁和朋友们！

梁 燕

2023 年 5 月于北京

译者序

东海西海，心理攸同，南学北学，道术未裂。

——钱锺书《谈艺录》

笠翁但不死耳，如其既死，必有怜才叹息之人，以生不同时为恨者。

此等知己，吾能必之于他年，求之此日正不易得。

——李渔

李渔（1611—1680），号笠翁，明末清初的文学家、戏剧家、戏剧理论家、美学家，在中国文学史上是一位特立独行的"奇人"。他以曲家名世，著有传奇十种，分别是《怜香伴》《风筝误》《意中缘》《蜃中楼》《奈何天》《比目鱼》《玉搔头》《凰求凤》《慎鸾交》《巧团圆》，即"笠翁十种曲"。①他还自组李氏家班、交游四方，亲自导演和搬演戏曲作品，在此基础上将戏曲创作、导演、演员培养的艺术经验总结归纳成为《闲情偶寄》之"词曲部""演习部"和"声容部"部分章节，形成了一套完整的理论体系，在中国戏曲理论史上有开拓性的重要意义。

李渔的才华不仅体现在戏曲创作和戏曲理论上，他还创作了大量的小说、诗文，并作为评论家、编辑、出版家留下了几百万字的作品，

---

① 李渔的戏曲创作据载有"内外八种""前后八种"，但目前可以考定的为十种。

同时身兼发明家、园林艺术家、国医手、文化创意师等，是一位"一身二十四家"的"全才"。[①]李渔生活在明清易代的特殊历史时期，见证了明中叶以后资本主义在江浙一带的萌芽及其对当时的社会思想和生活带来的改变。他抓住了时代的机遇，成为中国最早的也是最成功的职业作家之一。由于李渔在当时"另类"的生活方式，国内长期以来对于其人有着褒贬不一的评价，甚至由于道德的评判抹杀了他在文学史上应有的价值。而对于李渔这样一个"奇特的全才"，西方世界则表现出特别的关注和持续的兴趣，这种反差反映出中西学人不同的关注点和态度，由"李渔现象"入手可以窥见中西方不同的学术方法和思维差异。英语世界学者的研究既是李渔研究在世界范围内的有机组成部分，体现了李渔研究所代表的中国文化的世界性意义，同时，不同的时代、不同的文化对于李渔不同的态度引发的跨文化、批判性思考，对于如何客观评价李渔及相关文化现象具有启发意义。

一、"墙内开花墙外香"——西方世界的李渔作品译介

李渔在世时是一位妇孺皆知、雅俗共赏的畅销书作家，其创作的传奇往往"脱稿未数月"即传至三千里外。作为文化名人，李渔交游广泛、游历四方，是许多达官贵人的座上宾。李渔在世时就受到了时人毁誉天壤的评价，而他的作品在去世以后不久大多遭禁，长期寂然无声，直到民国以后才逐渐被人关注。国内学界对李渔的研究热情大致始于20世纪80年代，而在此之前，李渔的声名早已远播至西方，并在西方世界率先形成了不少学术成果。

---

① 赵文卿曾评价李渔为"一身二十四家"，包括戏曲家、戏曲理论家、导演学家、小说家、散文家、诗人、词人、词学家、对联家、韵学家、文学评论家、诗歌评论家、艺术教育家、音乐家、书法家、篆刻家、画家、编辑家、出版家、工艺美术家、服装设计师、美容家、装饰艺术家、造园艺术家。转引自张赫《日本近二十年来李渔研究评述》//李彩标主编：《李渔四百年：首届李渔国际学术研讨会论文集》，北京：中国戏剧出版社，2012年，第18页。

李渔的作品最早被译介到西方是在 19 世纪初，由英国外交官、汉学家德庇时（John Francis Davis, 1795—1890）将李渔小说集《十二楼》中的《三与楼》（*San-Yu-Lou: Or the Three Dedicated Rooms*）译为英文，并于 1816 年出版，该译本被收载于《亚洲研究》（*Asiatic Journal*）。接着，德庇时又将《合影楼》《夺锦楼》译为英文，与《三与楼》一起汇编为《中国故事集》（*Chinese Novels Translated from the Originals*），于 1822 年在伦敦出版。德庇时是中国古典小说和戏曲外译史上不可忽略的人物，他不仅是英译李渔小说的第一人，还于 1817 年将元杂剧《老生儿》从中文译入英文，成为中国戏曲从原文直接译入英文①的第一人。德庇时英译的《十二楼》中的三篇小说在英国乃至欧洲产生了广泛的影响，由此产生了德文、法文的转译本，使李渔的小说在 19 世纪便在欧洲范围内实现了传播。

在德庇时英译本之后，李渔的小说多次被译入不同的西方语言，形成了多种西文译本。法语世界中比较重要的译介者包括法国汉学家雷慕莎（Jean Pierre Abel Rémusat, 1788—1832）、雷威安（André Lévy, 1925—2017）、谭霞客（Jacques Dars, 1941—2010）和法国当代学者皮埃尔·卡赛（Pierre Kaser）；德语世界以汉学家库恩（Franz Kuhn）对李渔小说的译介为代表；英语世界中比较重要的是美国学者茅国权（Nathan K.Mao,1942—2015）和韩南（Patrick Hanan,1927—2014）的译本。1973 年，茅国权英译了《十二楼》之《鹤归楼》，并于 1975 年在香港中文大学出版社出版了《十二楼》的英文全译本，是该小说集迄今唯一的全译本。1977 年，茅国权与澳大利亚华裔学者柳存仁（Liu Ts'un-yan,1917–2009）合著了李渔的英文评传《李渔》，是英语世界首部关于

---

① 在元杂剧《老生儿》之前，元杂剧《赵氏孤儿》也曾被译入英文，不过是通过法国传教士马若瑟的法译本进行转译的。

李渔的专著，本论文集收录了其中关于李渔戏剧理论的章节。由此，李渔小说以较为完整的面貌进入英语世界，进一步推动了李渔作品的译介与研究热潮，为 20 世纪八九十年代海外李渔研究的"丰收期"[①] 奠定了基础。

李渔小说的另一位重要译者和研究者是美国著名汉学家韩南。韩南是哈佛大学中国文学系教授，是研究中国古典小说最有成就的西方学者之一。1990 年，韩南翻译并出版了李渔小说集《无声戏》中的六篇白话小说。1998 年，他重译了《十二楼》中的六篇小说，在哥伦比亚大学出版社出版。此外，他还于 1990 年出版了小说《肉蒲团》的英译本，在英语世界受到好评，被美国《出版者周刊》（*Publisher's Weekly*）评为"1995 年最佳图书"。[②] 关于《肉蒲团》的作者是否为李渔，学界存在争议，但这不影响该作在海外的广泛流传，成为了"世界上阅读量最高的中国情色小说"[③]。在韩南的译本之外，《肉蒲团》还有德国库恩的德译本、马丁（Richard Martin）的英文转译本和两个法译本。

相比于李渔的小说，李渔的戏曲被译介到西方的时间则较晚，数量也更少一些。究其原因，也许与西方世界对中国戏曲的译介与研究方面"重杂剧、轻传奇"以及中国戏曲的文体特征相比于小说给翻译造成的难度有关。李渔在海外更为人所知的是他的小说和生活美学，在这点上，与李渔在国内历来以曲家闻名的情况有所差异。中国戏曲传入西方世界

---

① 何敏在《论李渔小说在英语世界的译介与特点》一文中，将李渔小说在英语世界的译介历程划分为萌芽期、复苏期和丰收期，此处借用了这种说法。何敏：《论李渔小说在英语世界的译介与特点》，《中国文化研究》2008 年春之卷，第 164 页。

② 羽离子：《李渔作品在海外的传播及海外的有关研究》，《四川大学学报（哲学社会科学版）》2001 年第 3 期，第 72 页。

③ Pierre Kaser, "Les mé tamorphoses du sexe dans les contes et les nouvelles de Li Yu", *Impressions d'Extreme Orient*, vol. 3 (2013). 转引自丁濛：《李渔作品在法国的译介与研究》，《中国文化研究》2021 年夏之卷，第 153 页。

是以 1735 年法国传教士马若瑟译《赵氏孤儿》① 为起点的，在此之后，《老生儿》《汉宫秋》《灰阑记》《合汗衫》《窦娥冤》《西厢记》等元杂剧被译介到西方。相比之下，西方学界对明清传奇的态度稍显冷淡，关注的时间也更晚一些。而在对明清戏剧作家作品的研究中，西方学者对李渔"浓厚而又持久的兴趣格外引人注目"，《国外中国古典戏曲研究》评价该现象认为"中国剧作家在西方享受如此殊荣的，李渔是仅有的一例"。②

李渔戏曲较早的西文译介见于意大利汉学家晁德莅（Angelo Zottoli, 1826—1902）1879 年的《中国文化教程》（*Cursus Litteraturae Sinicae neomissionariis accomodatus*），这部拉丁文对照的汉语教材第一卷节译了《慎鸾交》《风筝误》《奈何天》，作为"喜剧的对话"（Dialogi Comici）部分的语料素材，是李渔戏曲唯一的拉丁文译本。十二年后，法国神父德比西（Charles de Bussy）将该教程由拉丁文转译成法文，李渔的这三部传奇作品的片段由此进入法语世界。1890 年，法国东方学家于雅尔（Camille M. Imbault-Huart）在《亚洲学报》（*Journal Asiatique*）发表了《比目鱼或为爱成伶：十七世纪中国散文和诗歌戏剧》（*Les deux soles ou acteur par amour. Drame chinois en prose et en vers XVIIe siècle*）一文，详尽地介绍了李渔并对《比目鱼》进行法文缩译。皮埃尔·卡赛曾提到法国人对《比目鱼》特别感兴趣③，在李渔的戏

---

① 根据杜磊的调查研究，马若瑟法译文最原始的手稿抄本时间为 1731 年。（见杜磊：《赵氏孤儿》译介史论（1731—2018）[D]，上海外国语大学，2019）之后，《法国信使》杂志（Mercure de France）于 1734 年 2 月以摘录的形式发表了马若瑟译文，杜赫德《中华帝国全志》收录马若瑟译文并于 1735 年出版。

② 孙歌、陈燕谷、李逸津：《国外中国古典戏曲研究》，江苏教育出版社，2000 年，第 292 页。

③ 皮埃尔·卡赛：《李渔在法国——兼纪念谭霞客》// 李彩标主编：《李渔四百年：首届李渔国际学术研讨会论文集》，北京：中国戏剧出版社，2012 年，第 8 页。

曲作品中，《比目鱼》的确在西方受到了较多的关注，产生了多个译本。1984 年，玛丽 - 特雷瑟·布鲁耶（Marie-Thérèse Brouillet）的博士论文《李渔：戏剧与超戏剧》（*Li Yu: théâtre et métathéâtre*）以李渔的戏曲为研究对象，其中包含了《曲话》和《比目鱼》的译文，但这篇论文并未出版，她翻译的《比目鱼》译文后来被收入法国汉学家雅克·班巴诺（Jacques Pimpaneau）2004 年出版的《中国古典文学集》（*Anthologie de la littérature chinoise classique*）。而在此之前，《比目鱼》已有佛尔克（Alfred Forke）的德文译本。2019 年，美国学者沈静（Jing Shen）与她的老师、美国著名汉学家何谷理（Robert E. Hegel）合译并在哥伦比亚大学出版社出版了《比目鱼》（*A couple of soles : a comic play from seventeenth-century China*）的英文全译本，由此，英语世界有了这部作品的权威译本。本论文集亦收录了沈静作为研究者关于《比目鱼》的研究论文。

此外，有很多专著或研究性文章的章节涉及李渔戏曲并进行片段摘译，比如，法国汉学家卡米尔·普佩（Camille Poupeye）在 1933 年出版的《中国戏剧》（*Théatre Chinois*）中介绍了《玉搔头》。美国学者艾瑞克·亨利（Eric Henry）在 1980 年出版的英文专著《中国式娱乐：李渔别开生面的戏剧》（*Chinese Amusement: The lively Plays of Li Yu*）中译介了《比目鱼》《巧团圆》《风筝误》和《奈何天》每一场的内容概要，在当时缺乏全译本的情况下为英语世界的读者提供了宝贵资料，本论文集收录了该专著中论述喜剧性和李渔戏剧的章节。本论文集收录的另一篇论文——Lenore J.Szekely 的博士论文《为盈利而演出：通过李渔话本改编传奇考察职业作家身份的兴起》以附录的形式提供了《奈何天》《比目鱼》《凰求凤》《巧团圆》的剧情概要。

《闲情偶寄》作为李渔最具价值的一部代表性论著，集合了他的戏剧理论思想和生活美学，曾多次被译介到西方，其中"词曲部"和"演习部"又被称为《李笠翁曲话》，是中国戏曲史上里程碑式的理论专著。1940年，德国人艾伯哈德（W. Eberhard）将《闲情偶寄》"声容部"译成德文。1966年，德国汉学家马汉茂（Helmut Martin）完成了博士论文《关于李笠翁的戏剧》（*Li Yu-weng uber das Theater*）并出版了《曲话》译本。1970年，马汉茂主编了十五册的《李渔全集》，由台北成文出版社出版，他在弁言中介绍了自己辗转于法国、德国、日本、中国香港和台湾等地的图书馆收集资料的经过。在浙江古籍版《李渔全集》面世之前，马汉茂主编的这套书成为了李渔研究的重要资料来源，本论文集选译的茅国权、柳存仁合著的英文专著《李渔》当时就是以该全集作为参考。上文提到布鲁耶的博士论文提供了《曲话》的法译文。费春放（Faye Chunfang Fei）于1999年出版的英文著作《中国戏剧理论：从孔子到当代》（*Chinese Theories of Theater and Performance from Confucius to the Present*）译介了《曲话》中的戏曲理论。不过，西方世界对《闲情偶寄》的关注有时并不在于其戏剧理论的价值，而是在于其独特的东方生活美学。1999年，英国学者卜立德（David Pollard）出版的《中国散文集》（*The Chinese Essay*）英译了关于女性的四篇文章。2003年，法国著名汉学家谭霞客依据《闲情偶寄》"词曲部"和"演习部"以外的其他六部的内容编译出法文专著《李渔的秘密日记：中国的幸福艺术》（*Les carnets secrets de Li Yu: Un art du bonheur en Chine*）。该书设计精美，作者融合自己的理解将内容编排为"颜、美、味、乐、梦"五部分，受到了法国读者的欢迎。上文提到的班巴诺的法文著作《中国古典文学集》也汇编了《闲情偶寄》有关生活美学的五篇文章。2010年和2015年，卡赛分别译介了《闲情偶寄》中"颐养部"和"饮馔部"的两篇文章，发表在《远东印象》（*Impressions d'Exrême-Orient*）。

　　李渔作为较早进入西方读者视线的中国文学家，从 19 世纪初的作品译介至今，在西方世界已取得了蔚为大观的研究成果，从一定程度上带动了李渔研究在世界范围的热度。海外的李渔研究热引起了国内学界的注意，不少学者发表文章对海外李渔译介与研究的情况进行梳理，包括王丽娜（1988）、单锦珩（1991）、羽离子（2001）、何敏（2008）、罗晓（2009）、魏琛琳、袁楚林（2019）、张西艳（2020）、徐爽（2020）、魏琛琳（2021）、丁濛（2021）的研究。西方对李渔作品的译介有时体现出有别于国内的关注点和侧重，在东西之间，特立独行的李渔以其丰富的著述和话题性引发了不同侧面的兴趣和探索，这一点在海外的李渔研究中体现得更为明显。

二、文化多棱镜中的李渔研究——何为真实的李渔

　　李渔虽然在其所处的时代作为畅销作家、曲家名满天下，然而国内学人对其作品多有诸如"新奇纤巧""立意不高"等评价，难以跻身如关汉卿、汤显祖等一流作家之列。但这样一位作家在海外却形成了"研究热"，产生了丰富的著述、论文等研究性成果。

　　西方世界有多部关于李渔研究的专著，以英语和欧洲语言写作。在英语世界中，目前已经出版了四部关于李渔的专著。最早的一部是 1977 年出版的茅国权和柳存仁合著的《李渔》，是评传性质的专著，本论文集选入了其中关于李渔戏剧理论的章节。第二部是艾瑞克·亨利于 1980 年出版的专著《中国式娱乐：李渔别开生面的戏剧》，基于作者在耶鲁大学的博士论文修订而成，详尽地讨论了李渔戏剧，尤其是其喜剧性特征，本论文集选入了相关章节。第三部是韩南于 1988 年出版的专著《创造李渔》(*The Invention of Li Yu*)，着重讨论了李渔的创造与创新，其视角独特、资料全面，在学界产生了广泛影响，是英语世界李渔研究走向深入的标

志性作品。该书于 2010 年由上海教育出版社推出了中译本①，可供国内学界参考。第四部是美国学者张春树（Chun-shu Chang）和骆雪伦（Shelley Hsueh-lun Chang）合著、于 1992 年出版的英文专著《明清时代之社会经济巨变与新文化》（*Crisis and Transformation in Seventeenth-Century China*），两位学者兼具中西文化学养，拥有大量的文史资料，通过李渔为切入点扫描了其所处的明清变革时代的社会、文化和现代性，将英语世界的李渔研究推向前所未有的深度和广度。该书于 2008 年由上海古籍出版社出版了中译本②，可供国内学界参考。此外，还有多部用欧洲语言写作的李渔研究专著，法文专著有上文提到的谭霞客编译自《闲情偶寄》的《李渔的秘密日记：中国的幸福艺术》，德文专著有马汉茂的博士论文《关于李笠翁的戏剧》、刘康的《清代中国戏曲：李渔与蒋士铨》等，另外还有用其他欧洲语言写作的相关著作。

除了专论李渔的专著，还有许多著作以章节的形式涉及李渔研究。1943 年出版的、美国汉学家恒慕义（Hummel Arthur William，1884—1975）主编的《清代名人传略》（*The Eminent Chinese of the Ch'ing Dynasty, 1644—1912*）包含了李渔的小传。1957 年，美国汉学家费正清（John King Fairbank，1907—1991）主编的《中国的思想与制度》（*Chinese Thought and Institutions*）收录了关于李渔研究的论文《明代和清初业余爱好者的典范》（*Amateur Ideal in Ming and Early Ch'ing Society*）。美国学者沈广仁（Grant Guangren Shen）于 2005 年出版的英文专著《明代中国的精英戏剧》（*Elite theatre in Ming China, 1368—1644*）涉及李

---

① （美）韩南著，杨光辉译：《创造李渔》，上海教育出版社，2010 年。
② （美）张春树、（美）骆雪伦著，王湘云译：《明清时代之社会经济巨变与新文化：李渔时代的社会与文化及其"现代性"》，上海古籍出版社，2008 年。

渔的戏剧理论。沈静于 2010 年出版的英文专著《十七世纪中国剧作家和文学游戏：汤显祖、梅鼎祚、吴炳、李渔和孔尚任》（*Playwrights and Literary Games in Seventeenth-Century China: Plays by Tang Xianzu, Mei Dingzuo, Wu Bing, Li Yu, and Kong Shangren*）有两个章节涉及李渔的作品研究，本论文集收录了其中关于《比目鱼》的一篇。美国学者袁书菲（Sophie Volpp）于 2011 年出版的英文专著《世俗的舞台：十七世纪中国的戏剧性》（*Worldly Stage: Theatricality in Seventeenth-Century China*）讨论了 17 世纪中国社会与舞台之间的隐喻关系，并利用李渔的传奇作品加以说明。

自 20 世纪下半叶以来，西方世界还涌现出一大批关于李渔研究的学位论文。以英语世界为例，笔者收集到来自北美地区的以李渔作为研究对象的博士论文共八篇，从不同角度对李渔及其作品展开研究。其中，Lenore 于 2010 年在美国密歇根大学通过的博士论文《为盈利而演出：通过李渔话本改编传奇考察职业作家身份的兴起》，结合明末文化消费的语境讨论文学传统、市场环境和作家之间的关系，从文体改编的角度考察李渔的职业作家身份。美国学者邝师华（S.E. Kile）于 2013 年在美国哥伦比亚大学通过的博士论文《通往非凡的日常生活：李渔的理念、写作与实践》重点讨论了作为"文人企业家"的李渔如何利用清初中国市场经济的萌芽策划和营销一种日常生活的新体验。这两篇论文作为英语学界李渔研究的最新成果，本论文集选入了其中的精彩章节。此外，Matsuda Shizue 的博士论文讨论了李渔的生平以及其作品中反映的道德哲学。Ying Wang 的博士论文从翻案文章和自我传播的角度讨论了李渔的作品。Jie Zhang 的博士论文研究了李渔话本小说所体现的文学传统与创新之间的关系。Jing Zhang 的博士论文有专章讨论李渔小说的新奇性和读者意识。

北美地区关于李渔研究的博士论文列表

序号	题目	时间	作者	学校
1	Li Yu: His Life and Moral Philosophy as Reflected in His Fiction	1978	Matsuda Shizue	美国哥伦比亚大学
2	Chinese Amusement: An Introduction to the Plays of Li Yu	1979	Eric Henry	美国耶鲁大学
3	Two Authorial Rhetorics of Li Yu's (1611—1680) Works: Inversion and Auto-Communication	1997	Ying Wang	加拿大多伦多大学
4	The Use of Literature in *Chuanqi* Drama	2000	Jing Shen	美国华盛顿大学
5	The Game of Marginality: Parody in Li Yu's (1611—1680) Vernacular Short Stories	2005	Jie Zhang	美国华盛顿大学
6	Playing with Desire: Reading Short Vernacular Fiction in 16th and 17th Century China	2006	Jing Zhang	美国华盛顿大学
7	Playing for Profit: Tracing the Emergence of Authorship through Li Yu's (1611—1680) Adaptations of his Huaben Stories into Chuanqi Drama	2010	Lenore J. Szekely	美国密歇根大学
8	Toward an Extraordinary Everyday: Li Yu's (1611—1680) Vision, Writing, and Practice	2013	S.E. Kile	美国哥伦比亚大学

　　西方学界关于李渔研究的期刊论文数目则更多，而且在不断推出新的研究成果，在此无法一一列举。通过上文的梳理，我们看到李渔作品自 19 世纪初被译介到西方，已经历经二百多年的历程，受到了持续的关注。西方世界为何对李渔产生了浓厚而持久的兴趣？事实上，不同历史阶段的西方译者和研究者关注李渔的目的和出发点是不尽相同的。李渔以其丰富的著述、有别于传统的生活方式和所处时代的特殊性成为中国文学史上一个独特的存在，他的话题性和争议性吸引着海外学者从各自

的兴趣展开探索。

纵观李渔在西方的译介研究史，德庇时 1816 年译介李渔小说的目的是通过翻译小说、戏曲这些通俗文学来"切实有效地了解中国"①。当时的英国作为新教国家和新兴的工业帝国，为了加强与远东的商贸往来而迫切想要了解中国，英国人不满足于先前的天主教传教士们翻译的中国经典和哲学著作，转而将兴趣转向更贴近生活、反映风俗的通俗文学，德庇时对李渔作品的译介是基于当时的时代背景和需要。到了 1977 年，茅国权和柳存仁合著首部英文专著《李渔》，他们的目的转向了学术和文学普及，在当时将李渔以较为系统的方式介绍给西方读者。学者 Peter Li 评价该书认为："在经历了过去的历史时期和陈旧的偏见之后，现在时机已经成熟来重新评估李渔和他的作品。在这个角度上，该书做出了重大的贡献，全书可读性强，生动地描绘出李渔。"② 到了 20 世纪 90 年代，张春树和骆雪伦合著《明清时代之社会经济巨变与新文化》又超越了文学研究，旨在以李渔作为切入点，深入到其所处时代的历史研究和社会文化学研究，他们的着眼点在于李渔所处的明清易代的特殊历史时期。"我们试图探索中国历史研究的一个新领域——'文学与社会'"，而李渔的文学作品被视为一座宝藏，"由于李渔认为文学需要符合大众的兴趣和眼光，我们相信通过研究他的作品可以为了解当时社会的品位、感觉、价值观、态度、消费观、意识和梦想提供启发，而传统的历史文献大多不涉及这些内容"。③ 而 21 世纪以来的李渔研究则更加细化和多样化，比如有多篇论文从性别研究的角度讨论《怜香伴》等作品中的女

---

① J.F. Davis, *Chinese Novels, translated from the originals*. London: John Murray, 1822. p.9.

② Li, Peter. Reviewed Work: *Li Yu*. by Nathan K. Mao, *Liu Ts'un-yan*. *The Journal of Asian Studies*, vol. 38, no. 3, 1979. p.580.

③ Chang Chun-shu and Shelley Hsueh-lun Chang. *Crisis and Transformation in Seventeenth-Century China: Society, Culture, and Modernity in Li Yu's World*, Ann Arbor: Univ. of Michigan Press, 1992. p.3.

同性恋问题，以及近年来从"文化实物"（culture material）的角度开展的李渔研究。

东西之间不同的文化构成了不同的镜面，对李渔出于不同目的和兴趣点的关注就像一道道光线投射进入这面文化的多棱镜，从而折射出缤纷夺目的影像。李渔在不同的地域和时代引发了某种共鸣，中西方学者出于各自的好奇考察和研究李渔，而又从"李渔"这个个体身上发现了不同的侧面和更广阔的世界。那么，透过文化的多棱镜呈现出怎样的李渔呢？

国内对李渔的评价长期以来一直毁誉天壤，学者钟明奇用"两极对立"来形容三百余年来对李渔褒贬不一的评价情况[①]。有的时人对李渔大加赞誉，称其为"名士""韵人""真义士"，也有董含"性龌龊、善逢迎"的挞伐之语；鲁迅称其为"有本事的帮闲文人"；林语堂在英文著述中十分推崇李渔，认为他是一个"心裁独出、不拘小节的人"，"因为胸蕴太多的独特见解，对事物具有太深的感情，因此不能得到正统派批评家的称许"。[②]西方学者也注意到了国内对李渔两极分化的评价，并对这种独特的现象各抒己见。艾瑞克·亨利在《中国式娱乐：李渔别开生面的戏剧》中专辟一个章节"李渔和他的批评者"[③]，作者认为李渔身上有着许多西方文学传统高度赞扬的品质，评价他"擅长于自然主义的描绘，有着奇特的想象力和讲故事的天赋"，"是一个原创性的思想者，

[①] 钟明奇：《论三百年李渔评价中的"两极对立"》，《文艺理论研究》，2016年第4期。

[②] 转引自刘成芝：《空谷足音——关于李渔及李渔文化的断想（代序）》//李彩标主编：《李渔四百年：首届李渔国际学术研讨会论文集》，北京：中国戏剧出版社，2012年，第4页。

[③] 该章节有中译文，发表在1989年的《戏剧艺术》上，该文还被收入浙江古籍出版社《李渔全集》第二十卷。埃里克·亨利（即"艾瑞克·亨利"——编者注）著，徐惠风译：《李渔：站在中西戏剧的交叉点上》，《戏剧艺术》1989年第3期。

有着大胆质疑、愉快争辩的思维"①，并从中西方跨文化的角度结合对李渔的种种声音做出评价。张春树、骆雪伦在《明清时代之社会经济巨变与新文化》指出"现代中国还没有形成对于李渔作为一个文人的公正、统一和客观的评价"，对李渔矛盾的评价"不仅反映出李渔的品格和行为，还在整体上映射出中国社会"。②国内对李渔评价的分歧主要在于其为人，特别是"打抽丰"（亦作"打秋风"。俗语，指利用各种关系，假借名义向有钱的人索取财物。——编者注）的行为，有违于传统文人的道德准则，对此，西方学界有着不同的解读。比如，张春树和骆雪伦认为李渔"将写作视为盈利谋生的商业行为，以专业的商业手段运作，动用所有可能的商业技术公开寻求赞助、成功和名声"，"他是现代意义上中国的第一个职业作家"。③

韩南在《创造李渔》中提出了"真"李渔和"假"李渔的问题，认为李渔自我形象的塑造创造出了"假"李渔。何谷理评价韩南和张春树的英文专著展现了不同的李渔，并表达对何为"真实的李渔"的困惑："我仍然不能清晰地知道何为'真实的'李渔——显然，他无法完全地被任何一位虚构叙述者或评论者所认知。"④ Lenore 在论文中提到了李渔的多重"作家人格"（authorial persona），以此作为一种市场策略。可以说，中西方学者从不同的视角出发，都试图探索"真实的李渔"，这样的学术对话拓宽了李渔研究的视野，也都从某个侧面反映了李渔及其所

---

① Eric P. Henry. *Chinese Amusement: The lively Plays of Li Yu*, Hamden CT: Archon Book, 1980. p.158.

② Chang Chun–shu and Shelley Hsueh–lun Chang. *Crisis and Transformation in Seventeenth-Century China: Society, Culture, and Modernity in Li Yu's World*, Ann Arbor: Univ. of Michigan Press, 1992. p.9.

③ 同上，p.2.

④ Hegel, Robert E. "Review: Inventing Li Yu." *Chinese Literature: Essays, Articles, Reviews*, vol. 13, 1991, p. 100.

生活的时代。透过文化的多棱镜看李渔，不同的光线通过不同的镜面折射出异彩纷呈的景象。至于"何为真实的李渔"，笔者同意当前李渔研究的主流观点，要把历史人物放在历史的时代背景和语境中去考察和客观评价，不能以片面的评判抹杀全盘的价值。李渔作为一个有血有肉的、真实存在的人，既有其复杂的多面性，也有现实的需求与无奈。西方学界产出了一些优秀的李渔研究成果，在资料占有上兼顾海内外的资源，在学术视野和方法上不囿于传统的评判标准，值得被译介到中文学界为更多人所了解，这也是本书诞生的初衷。

三、本书选文介绍

本书从英语世界的李渔研究成果中选取了五篇具有代表性的文章，翻译并汇编成册。这些文章既有开创性的著述，也有最新的研究成果；其研究者既有深谙中国文化的西方汉学家，也有兼通中外的海外华裔学者；既收入了前辈先生的奠基性成果，也包含当代青年学者的前沿学术分享。我们希望能够由此以一隅而窥全貌地将英语世界的优秀学术成果介绍到国内学界，进一步促进中西学者关于李渔研究的学术交流与对话。

海外的李渔"研究热"引起了国内学界的注意，已有不少先行研究进行了相关的文献梳理和评点，但目前的研究大部分集中于李渔小说的英译和海外传播研究领域，对于李渔戏剧的关注相对较少。魏琛琳、袁楚林（2019）、魏琛琳（2021）研究了"笠翁十种曲"和曲论在英语世界的传播与接受，进行了较为全面的文献梳理，但对重要的文献仍然仅限于总结和概述，无法一览全貌。本书力图弥补上述遗憾，选取出英语世界具有代表性的重要学术成果，并翻译其中的精彩章节集结成册。虽然碍于篇幅原因难以译出整部作品，但所选取的章节大多相对完整，能够提纲挈领地反映全文的观点和风格，通过章节的全文翻译有助于读者更好地领略英语世界研究者的研究方法和学术风采。

按照发表的时间顺序，本书收录的最早期的文章是《李渔的戏曲理论》，选自茅国权与柳存仁合著的英语专著《李渔》（1977）第六章。从今天来看，这部作品的重要意义在于首次将李渔系统性地介绍到英语世界。尽管当时已有多部李渔的作品被译介到西方世界，但正如两位作者在该书的序言中所说："李渔如此重要，在英文中却缺乏对他的全面研究，本书希望能填补这个空缺。"《李渔》全书共七章，对李渔的生平、生活艺术、小说、戏曲理论进行了全面介绍。作者茅国权 1942 年在中国出生，先后在香港新亚书院、耶鲁大学和威斯康星大学麦迪逊分校接受教育，取得美国文学博士学位，之后留美任教，在学术背景上兼通中西方文学，翻译了多部中国文学作品，包括《十二楼》《围城》《寒夜》等。在《李渔的戏曲理论》一文中，作者将中国戏曲起源的历史、传奇诞生的背景和中国戏曲批评史作为背景引入，着重介绍李渔的戏曲理论及其价值。相比于西方戏剧自亚里士多德时代就奠定了理论基础，作者深知将李渔的戏曲理论介绍到英语世界"如果只是泛泛地浏览，则很难揭示他对中国戏曲或中国戏曲批评发展史的贡献，甚至可能将他的理论贬斥为无序的、漫谈的"①。鉴于此，作者并不是把李渔的戏曲理论进行平铺直叙的罗列或简单的翻译，而是按照更接近现代戏剧创作的方法，从剧本创作、戏剧制作和演员训练这三个方面来提炼和归纳李渔的戏曲观点，指出李渔在当时相较于前人的创见。比如，在剧本创作方面，作者提炼出戏曲文体、剧作家的特质、戏曲之于舞台演出、主题、情节结构、人物塑造、宾白、喜剧元素这八个要点进行阐述，清晰地呈现了李渔对于戏曲和剧作家的定位以及剧本创作方面的洞见。同时，作者还从跨文化的角度将李渔与弗赖塔格、贺拉斯、塞缪尔、艾略特等西方文学家的主张加以参照和对比，指出其中存在的共通之处。魏琛琳认为该书在李渔戏

---

① Nathan K. Mao, *Liu Ts'un-yan. Li Yü*. G.K. Hall&Co., 1977. p.117.

曲理论的深度和广度方面奠定了肯定评价的基调，英语世界后来的研究者基本承袭了这种观点。①《李渔》是在茅国权翻译的《十二楼》英文全译本推出的两年之后出版的，由此，李渔在 20 世纪 70 年代在英语世界就有了较为完整的论著和作品译介，为李渔研究之后继续走向深入打下基础。

本书收录的第二篇文章选自艾瑞克·亨利 1980 年的英文专著《中国式娱乐：李渔别开生面的戏剧》，是基于作者在耶鲁大学的博士论文修订而成。在该书的第一章，作者提出了中西戏剧的"喜剧性"这一重要问题。悲剧和喜剧作为西方戏剧的主要分类方式，源于古希腊的酒神祭祀，西方人在刚接触中国戏曲时经常用以西方悲剧和喜剧的标准来衡量中国的戏剧，并由此产生了许多关于"中国戏剧有无悲剧和喜剧"的讨论。事实上，悲剧和喜剧在中西方有不同的衡量标准，即使在西方，悲剧和喜剧也有着不断发展和不同层次的内涵。亨利在该文中指出喜剧性具有三个层次的指涉——作为文学形式、文学态度和文学内容上的喜剧，认为李渔是中国戏曲史中少有的具有喜剧精神的剧作家。在今天看来，亨利对于喜剧性的论述依然具有启发意义。此外，作者还对"传奇"这种文体的特征做出了精辟而独到的描述，并在此基础上论述了李渔传奇作品的特点。在接下来的四章，作者详细分析了《比目鱼》《巧团圆》《风筝误》《奈何天》四部作品，并在附录中提供了这四部作品每场次的内容概述。作为英语世界较早的一本李渔专著，该著作既具有学术性，又具有一定的资料价值，在当时为英语世界的学者和普通读者提供了可用的素材和独特的视角。在谈到"何以对李渔产生研究兴趣"这个问题时，亨利表示是"李渔在古诗文、白话小说、园林设计、出版、戏剧导演等

---

① 魏琛琳：《李渔戏剧理论英译及接受史研究》，《中国文学研究》，2021 年第 1 期，第 117 页。

多个领域的原创性吸引了自己，而重视原创性符合典型的西方审美。"①

　　本书收录的第三篇文章是《戏中戏：比目鱼》，选自沈静于 2010 年出版的英文专著《十七世纪中国剧作家和文学游戏：汤显祖、梅鼎祚、吴炳、李渔和孔尚任》，运用读者反应和互文性理论分析 17 世纪中国重要剧作家的传奇和其中的"文学游戏"，为英语世界的中国戏曲特别是传奇的研究提供了重要参考。上文提到在李渔的十种曲中，《比目鱼》在西方世界受到了格外的关注。沈静既是《比目鱼》的研究者，曾发表多篇相关论文，也是这部传奇的英文全译本的译者。在这篇文章中，作者主要研究了该剧与《荆钗记》的"戏中戏"，由此说明李渔作为剧作家的"文学游戏"。

　　本书收录的第四篇文章是《李渔：善用不同文体的营销才子》，选自 Lenore 的博士论文《为盈利而演出：从李渔改编话本为传奇看职业作家的兴起》。该论文探讨了文学和戏曲传统对塑造 17 世纪中国文学消费模式所起的作用，以及消费模式的演变如何反过来影响作家的构思和创作。本译文选取论文的第一章，作为总论性质的章节较为全面地展现全文的主要观点，提纲挈领地点出其余各章的分论点。在接下来的四章中，作者从不同的角度详细论述了"丑郎君"到《奈何天》，"谭楚玉戏里传情"到《比目鱼》，"寡妇设计赘新郎"到《凰求凤》，《生我楼》到《巧团圆》的文体改编。作者结合 17 世纪社会和文学经济的背景，从职业作家身份（authorship）兴起的角度来探讨李渔的职业作家身份，反对李渔思想"超前"的说法，认为李渔只是努力在当时竞争性的市场环境中胜出，是职业作家身份开始谋求文学和文化权威性过程中的先驱者。Lenore 的观察角度和分析是独特的，作者之后又发表了多篇李渔研究的英文论文，是当代在李渔研究领域依然活跃的西方学者之一。

---

　　① 内容源自笔者与亨利先生的邮件沟通。

本书收录的第五篇文章是《匠造日常的社会空间：李渔的戏曲与园林》，选自邝师华（S.E. Kile）的博士论文《通往非凡的日常生活：李渔的理念、写作与实践》。该文从新颖的角度探讨李渔如何抓住明末清初这一特殊历史时期市场经济的萌芽策划并营销新的生活体验，第三章从社会功能的角度专论李渔的戏曲与园林之间的关系，认为李渔既书写了改造现实的文学园林，也创造了超越文本的真实园林，相比基于绘画特征的园林，李渔的园林观念带有文学特征。Kile通过邮件回答了笔者的访谈问题，在谈到"为何对李渔萌发研究兴趣"时，Kile表示最初被李渔吸引是在中国文化课堂的学习材料中，由林语堂翻译的《闲情偶寄》中的一篇短文"睡、站、行、坐"（*Sleeping, standing, walking, sitting*）。"我不由得思考，如果用一种特别的方法来研究这些话题意味着什么？重新审视最平常的事物并用一种新的方式来揭示其意义？当时我对明清易代的了解还并不深入，但这也激发了我的兴趣去探索李渔在清代早期文化中的位置。"在谈到"中西方学者在李渔研究方面的异同"时，Kile表示自己在研究过程中参考了许多中国学者的相关研究而获得帮助，并且留意到近年来国内的李渔研究开始深入如中医、建筑等其他领域，而美国对李渔的研究主要集中于文学和历史研究，可能是受限于其他领域的专家较少能够利用中文原始文献。Kile也注意到在文学研究方面，"当下全球学者之间的对话更加频繁，我希望这种对话能够延续，而本次翻译项目也是为推动对话做出的努力。"[①] Kile目前正在完成关于李渔的英文专著，也在翻译《闲情偶寄》，英语世界的李渔研究出现更丰富的成果指日可待。

通过本书选入的几篇文章，我们可以观察到英语世界的李渔研究从最初的概述、译介逐渐走向更加深入、多元和个性化的研究。这些研究

---

① 内容源自笔者与Kile通过邮件的交流与访谈。

者不仅重视中文原始资料的运用，关注中国学者的研究动态，并且具备跨文化的学术视野和方法，从不同的角度对李渔进行阐发，不乏具有启发性的观点。特别是其中的青年学者，他／她们是当代李渔研究的中坚力量，是中西方学术对话的参与者，对学术交流和对话持有开放和欢迎的态度。

本书是北京外国语大学"双一流"建设重大标志性科研项目"中国戏曲海外传播：文献、翻译、研究"的成果之一，该项目由北京外国语大学国际中国文化研究院院长梁燕教授主持。梁燕教授多年来致力于古代戏曲文学、近代京剧史论和海外中国戏剧的教学与研究，曾多次组织以中国戏曲海外传播为主题的系列学术研讨会，并培养了一批该领域的青年学子。本书得以完成首先要感谢梁燕教授为该项目倾注了大量心血，为青年学子提供成长的机会，为中国戏曲海内外的学术交流搭建起平台。在项目推进过程中，导师梁燕教授一度因病入院，在治疗期间依然心系项目，导师的坚韧与力量激励着我前进。感谢论文的作者艾瑞克·亨利、沈静、Lenore 和 Kile 授权同意收录他／她们的论文，并对译文提出详尽的修订意见。感谢北京外国语大学国际中国文化研究院的黄丽娟教授、管永前教授、马旭苒博士后对译稿提出的修订意见和付出的辛劳。感谢团结出版社的编辑老师们一丝不苟的工作。

由于笔者的学力和精力有限，无法将英语世界其他优秀的研究成果一一翻译和收录，在文献梳理上也难免存在缺漏，挂一漏万，恳请方家指正。除了英语世界，西方世界还有以其他欧洲语言写作的、更丰富的李渔研究成果，对这些文献的整理、翻译和研究有待日后进一步深入。

李渔在世时，他的作品据说已东渡传至日本[①]。他形容自己困顿于生

---

① 张西艳：《李渔戏曲对日本江户文学的影响》，《戏曲艺术》，2020 年第 3 期，第 116 页。

活而辗转四方的漂泊人生，曾有诗云："十日有三闻叹息，一生多半在车船。同人不恤饥驱苦，误作游仙乐事传。"[1] 在《与陈学山少宰书》中，李渔表达了欲求海内知己的感慨，"笠翁但不死耳，如其既死，必有怜才叹息之人，以生不同时为恨者。此等知己，吾能必之于他年，求之此日正不易得"。[2] 当年的李渔焉知在其身后百年，他的作品不但依然为世人津津乐道，还漂洋过海，被翻译成多种西洋语言，为海内外不同肤色、不同语言、不同背景的"知己"们所品评和解读。笠翁若知今日此情此景，不知当作何感想？

赵　婷

2023 年 5 月

于怡海花园

---

[1] 李渔：《和诸友称觞悉次来韵》//《李渔全集》第二卷《笠翁一家言诗词集》，浙江古籍出版社，1991 年，第 186 页。

[2] 李渔：《李渔全集》第一卷《笠翁一家言文集》，浙江古籍出版社，1991 年，第 165 页。

目　录

李渔的戏曲理论

译文介绍

译文选自英文专著《李渔》（Nathan K. Mao, Liu Ts'un-yan: Li Yü. G.K. Hall&Co., 1977），出版于 1977 年，是英语世界第一本关于李渔的专著，也是著名的 Twayne 世界作家丛书之一。作为一本评传，该书向英语世界的读者介绍了李渔其人、生活艺术、小说和戏曲理论。译文选取自专著的第六章"李渔的戏曲理论"（"Li's Dramatc Theory"），从戏曲批评史、戏曲文体、剧作家、舞台、主题、情节、语言、宾白、喜剧元素、制作、演员训练等方面阐释李渔的戏曲理论，评论较为恰切，兼具跨文化的视野，是较早向英语世界介绍李渔戏曲理论的一篇文章。（因专著出版时间较早，且两位作者已故，因此节录中存在一些历史人物生卒年、中国历史朝代起止时间与现行可查资料相出入的情况。这种情况可能是因年代久远、作者可利用资料有限而形成的。经译者与编者沟通考虑，我们统一采用现通行说法，特此说明）

作者介绍

本文的作者是 Nathan K.Mao（茅国权，1942—2015），他曾在香港新亚书院、耶鲁大学和威斯康星大学接受教育，后执教于 Shippensburg

州立大学。他是李渔《十二楼》英译本的译者。Liu Ts'un-yan（柳存仁，1917—2009）是《李渔》一书的合作作者，他是澳大利亚国立大学荣誉教授，曾兼任哥伦比亚大学、哈佛大学客座教授。两位先生已故。

李渔的戏曲理论

一、引入

戏曲源于舞蹈，特别是民间集体舞蹈。中国古代文献显示，最早的集体舞蹈源自云南省和贵州省的苗族部落，后来发展成为寺庙祭祀活动中的舞蹈。① 此类由丑角和杂技演员提供的"戏剧"活动作为宗教舞蹈和宫廷娱乐在中国早期已经存在，但戏剧在中国发展得较晚。当罗马帝国的人们观看战车比赛和角斗士比赛并呐喊助威时，中国人在欣赏摔跤、打拳、剑术和走钢丝。在公元前 2 世纪末，他们观看歌唱演员扮成虎豹或其他动物，聆听独唱或演唱简单的歌词。这些活动都可以视为中国戏剧的蒙昧开端。②

相比于西方戏剧起源于基督教堂，中国戏剧在最初得到了统治者和政府的庇护。随着歌舞变得更加重要，唐玄宗（在位时间 712—756）即唐明皇设立梨园以及其他训练伶人的机构。宋代（960—1279）的一些统治者亦支持伶人。随着这些宫廷娱乐变为大众娱乐而在百姓中广泛流行，宋代的戏剧在固定的戏园中或为特殊场合临时搭建的舞台上表演。戏剧表演包括歌唱、舞蹈、奏乐、杂技，也有一种新的戏剧表演形式叫作杂

---

① Masaru, Aoki, trans. Wang ku-lu, *Chung-kuo chin-shih his-ch'ü shih* (Peking, 1958), I, 1.

② Liu, *An introduction to Chinese Literature*, p.159. 另见 Chang Heng's (62–139 A.D) "His-Ching fu" (A *fu* on the Western Capital) in the Wen-hsü an (compiled during the sixth century) (Hong Kong, 1960), I, p.42–p.44.

剧。可惜这些戏剧现已不存；实际上，它们留下的只是一长串标题，从中我们得知这些戏剧在性质上是历史的、超自然的、文学的、说教的、讽刺的和滑稽的。典型的宋杂剧有一段"艳段"，一段或两段正剧和一段音乐尾声。①

与宋杂剧同时代的还有南戏，最初起源于中国东南沿海地区，后来逐渐在温州和杭州流行。南戏用演唱和对白的方式表现一个长的持续的故事，相比于其他宋代戏剧类型体现出重大进步。南戏的曲是按顺序排列的，使用质朴的白话，有生动的表现力，以现实的方式突出了人物的情绪；对话通常用来推进动作。很多情况下，歌曲意在体现情绪的自发性和自然流露，而旋律则取自街头巷尾流行的小调。其中的韵文通常要优于同时代"文人"作家刻意雕饰的、缺乏活力的诗歌。②

奇怪的是，直到元代蒙古人掌权的时代（1271—1368），戏剧才在中国发展成熟。蒙古族统治者废除了科举考试（直到1314年恢复），封锁了文人取得功名的传统路径，转而迫使他们对写作戏曲产生了兴趣。然而，正如奚如谷（Stephen West）教授指出的，更加重要的原因是"戏曲作为自我延续、自我发展的传统在这个关键的时间点上达到了成熟，可以作为文学表达的恰当载体"。③

在延续性上，唐代和宋代以来，戏曲有了更多样化的剧目和更可信的情节而日益成熟，或许为元杂剧长足的发展奠定了基础。但是，元杂剧在形式和结构上是独特的，每部有独特的四折或套曲，还可能包含或不包含"楔子"，楔子通常在开场或两折之间。楔子比常规的一折短，

---

① *An Introduction to Chinese Literature*, p.165

② Ibid, p.166

③ 在 "Mongol Influence on the Development of Northern Drama" 一文中，奚如谷认为虽然蒙古人对戏曲的繁荣有影响，但他们并不是戏曲兴盛的原因。他认为中国戏曲至少在11世纪就存在了。为佐证自己关于戏曲更早的起源的观点，他引用了四个新近的考古发现。（p.31–p.32）

包含的曲子少，作用是使戏曲的结构更加紧密。每一折是一个套曲，包含长度不一的十支曲子；每支曲子限定在同一曲调或音域内重复的旋律，不同的折有不同的曲调。所有的唱词都由男主角和女主角演唱，唱比表演重要得多。一部戏是否出色取决于它的诗歌，而非情节和对白。因此，它包含的行动较少。大部分情况下，对白是遵循传统的，不提供太多信息，偶尔伴有粗俗的滑稽玩笑。我们对元代剧作家的情况所知甚少，除了知道有超过一百位剧作家。我们对这些剧作家的生活了解不多，但元代的戏剧活动非常频繁。在不到一个世纪的时间里，至少上演了六百到七百部戏，只有四分之一留存至今。①

戏曲在整体上的衰落发生在明代。戏曲变得专属于有闲情的诗人，他们更注重作品的诗意，而不是戏剧特征；因此这种戏曲逐渐失去了普通大众的支持。这些诗人创造新的情节，但却满足于翻改来自历史文献或半历史传说的旧有故事。然而，有两种新的戏曲类型很快出现在舞台上：一种是长达四十出及以上的传奇；另一种短戏有时只有一出。另外，出现了昆山腔或昆曲，采用苏州地方（吴语）腔，到 1600 年已经主导了戏曲舞台。与之前的剧作家不同，大部分昆曲作家都是名流，他们写作是为了扬名而不是为了谋利。

汤显祖（1550—1616）大概算是明代最重要的剧作家之一，他重视词的情感和美感，相对忽视曲的音律要求。与他比肩的沈璟（1553—1610）则强调戏曲要"合律依腔"。当然，一直都存在以戏曲为职业的人，他们的主要兴趣在于维持生计。而在李渔的作品中，我们看到"文

---

① An Introduction to Chinese Literature, p.170–p.171. 关于元杂剧结构的专门研究，参考 James I. Crump: "The Conventions and Craft of Yuan Drama", *Journal of American Oriental Society* 91, No.1 (January–March, 1971), p.14–p.29; "The Elements of Yuan Drama", *Journal of Asian Studies* 17, No.3 (May, 1958), p.417–p.434; "Yuan-pen, Yuan Drama's Rowdy Ancestor", *Literature East and West* 14, No.4 (1970), p.473–p.490.

人作家诗意的才能，乐师般的音乐技能和戏曲行家的专业知识"集于一身。①

首先，李渔是一位剧作家。他创作了至少十部戏曲，其中《奈何天》和《风筝误》两部是广受欢迎的欢乐喜剧，到现在仍然受到许多人的喜欢。第二，李渔是戏曲的导演和制作人，他组织四十余人的家班，在中国不同的地区提供演出。第三，李渔是一位批评家，他的戏曲理论包括对前人作品的批评、自己的剧作理念、戏曲制作和训练演员。在中国戏曲批评批评史上，李渔戏曲理论达到的深度和广度是独一无二的。

二、戏曲批评史

如果要恰当地评估李渔对中国戏曲批评的贡献，我们必须简要地回顾李渔之前的戏曲批评。在唐、宋、元、明期间，实际上有很多关于戏曲的诗歌和曲律的书籍、评点、编者注脚、戏曲脚本和表演的评论、单篇的评论性序言、附言、书信、文章、关于剧本写作和谱曲不同方面的研究、演员的简要传记、某部戏的历史发展。但是，这些批评（尤其是写于唐代和宋代的）大部分是杂乱、简短的，不那么令人满意。②

元代期间，出现了周德清的《中原音韵》，成书于1324年，论述了韵律、声调、用词法、曲调以及作词十法。严格来讲，《中原音韵》与戏曲批评的关系不大。③另外还有两本重要的著作：钟嗣成《录鬼簿》和燕南芝庵《唱论》，前者记录了曲家的生平传记，后者论及古代音乐家和古典戏曲的主要类别。

明代期间，有皇子朱权《太和正音谱》（1398），将戏曲依据主

---

① *An Introduction to Chinese Literature*, p.253–p.257. 关于汤显祖的讨论，见 C.T. Hsia's "Time and the Human Condition in the Plays of T'ang Hsien-tsu" in *Self and Society in Ming Thought*, ed. William T. de Bary (New York, 1970), p.249–p.290.

② Man Sai-cheong, "A Study of Li Yu on Drama" (M.A. thesis, University of Hong Kong, 1970), p.1–p.2; 后文的引用简称 Man.

③ Man, p.5. 另见王力《汉语音韵学》（上海，1957），p.488–p.505.

题分为十二类；还有臧懋循《元曲选》（序言 1616）、徐渭（1521—1593）《南词叙录》、何良俊（1506-1573）《曲说》、王世贞（1526—1590）《曲藻》、吕天成《曲品》（序言 1610）、王骥德（1623 年卒）《曲律》、凌濛初（约 1584—1644）《谭曲杂札》。这些批评性研究注重音律、唱段的修辞和语言的文学价值。这些批评家总体上将曲视为诗的延伸，但除王骥德外，其他人都很少提及表演。

清初时期，有黄周星（1611—1680）《制曲枝语》、刘廷玑（生卒年不详，约 1676 年前后在世）的《在园曲志》。黄周星强调曲的创作，而刘廷玑记录了他所认为的曲之精华，但只有李渔的曲论才称得上是中国首部关于戏曲批评的著述。[①]

三、李渔的戏曲理论

李渔《闲情偶寄》中所述的戏曲理论可分为三大部分：词曲、演习和脱套。在词曲部分，他谈到了情节结构、语言的运用、韵律、宾白、喜剧元素和戏剧格局。在演习部分，他提到了选剧、改编或缩长为短、授曲、教白。在脱套部分，他提到的舞台不良行为包括演员衣冠、声音、语言、科诨方面的恶习。[②]

如果只是泛泛地浏览李渔的戏曲理论，则很难揭示他对中国戏曲或戏曲批评发展史的贡献，甚至可能将他的理论贬斥为无序的、漫谈的。只有通过更加全面深入地审视，才会揭开完全不同的画面。我们看到一个博学的人谈论戏曲作为一个文学类别的重要性、剧作家与众不同的特质、戏曲作为场上表演的概念带来的结果、主题的选择、情节发展、人物刻画和语言、宾白的运用和科诨的引入。另外，他还根据自身经验说明了许多与戏曲制作和训练演员有关的问题。我们将逐一讨论他的上述观点。

---

① Man, p.5. 另见青木正儿《中国近世戏曲史》第二卷，附录 3，译者王古鲁编。
② 详细说明见李渔著，马汉茂辑《李渔全集》（LYCC）V, p.2184–p.2194.

四、戏曲创作

（一）戏曲作为一个文学类别

一直以来，伶人在中国社会长期受到歧视。伶人的子女一度不允许参加科举考试，伶人也不得与其他社会阶层通婚。[1] 如果说演员的职业是不受尊重的，那么剧作家的地位也没有太多的提高。大部分元代剧作家使用笔名，只有极少数部分剧作家得到了社会认可，"大部分是地位低微的文学工匠"。[2] 明代剧作家大多将戏曲视为一种文学练笔和消遣，很少有人认真地看待戏曲。李渔意识到社会对于剧作家的轻蔑，指出戏曲创作的重要性：

> 填词一道，文人之末技也。然能抑而为此，犹觉愈于驰马试剑，纵酒呼卢……吾谓技无大小，贵在能精……填词一道，非特文人工此者足以成名，即前代帝王，亦有以本朝词曲擅长，遂能不泯其国事者。请历言之：高则诚、王实甫诸人，元之名士也，舍填词一无表见。使两人不撰《琵琶》、《西厢》，则沿至今日，谁复知其姓字？……汤若士，明之才人也，诗文尺牍，尽有可观，而其脍炙人口者，不在尺牍诗文，而在《还魂》一剧……历朝文字之盛，其名各有所归，"汉史"、"唐诗"、"宋文"、"元曲"……使非崇尚词曲，得《琵琶》、《西厢》以及《元人百种》诸书传于后代，则当日之元亦与五代、金、辽同其泯灭……由是观之，填词非末技，乃与史传诗文同源而异派者也。[3]

（二）剧作家

李渔除了提出"戏曲作为一种重要的文体"的观点，还认为优秀

---

[1] Arthur Waley, *The Secret History of the Mongols* (London, 1963), p. 92.

[2] Ibid, p.93.

[3] LYCC, V. p.1927–p.30.

的剧作家必须"具有独特的资质"。剧作家必须非常博学，熟读经典及注释，上知晓哲学、历史，能写诗赋古文，通晓道家、佛家和其他哲学思想流派，下至《千字文》《百家姓》这类的蒙学读本都可能会用到。①

除了丰富的学识背景，李渔认为优秀的剧作家需要有灵活的思维，能够对所描写的每个角色设身处地。如果想要描绘端正者，必须代生端正之想；相反，如果描绘立心邪辟者，需要暂时放弃自己的思维方式而暂为邪辟之思。②

对剧作家来说，或许最大的挑战在于把握作品中"情"和"景"的能力。李渔首先对"情"和"景"做以区分："情"是角色内在的感受，而景是人人可观察到的，来自外在世界。显然，李渔认为描写"情"比"景"要困难得多，正如他所言：

> 景书所睹，情发欲言，情自中生，景由外得，二者难易之分，判如宵壤。以情乃一人之情，说张三要像张三，难通融于李四；景乃众人之景，写春夏尽是春夏，止分别于秋冬。善填词者，当为所难，勿趋其易。批点传奇者，每遇游山玩水、赏月观花等曲，见其止书所见，不及中情者，有十分佳处，只好算得五分，以风云月露之词，工者尽多，不从此剧始也。③

总的来说，李渔并不认为每个人都可以成为剧作家，只有天赋高的人才堪当此任。他认为可以用如下方法检验一个人是否适合这一职业："说话不迂腐，十句之中，定有一二句超脱，；行文不板实，一篇之内，

---

① Ibid., V, p.1973.
② Ibid., V, p.2051–p.2052.
③ Ibid., V, p.1980.

但有一二段空灵，此即可以填词之人。"① 李渔强调内在的天赋胜过勤奋努力，正如他所说，通过努力达到的通常是次要的。②

在强调戏曲作为文体的重要性和剧作家的特殊资质之后，李渔觉察到人们对戏曲作为一种艺术所知甚少并感到惋惜，他认为造成这种情况的原因是：（1）缺少对规则的定义；（2）成功的剧作家吝惜或不愿分享自己的经验。这使他感到有义务分享自己对于戏曲的知识，让每个可能感兴趣的人可以了解。③

（三）戏曲是为了舞台演出

在中国历史上的大部分时间里，中国的观众们通常走进戏园去聆听美妙的音乐和藻丽的唱词。有时候，他们只是去看自己喜欢的演员，听他／她们唱上四十到五十段出色的唱段。④ 很少有演员懂得唱词的含义，能听懂的观众就更少了，更少有剧作家愿意去改变这种情况。他们继续创作文雅的唱词，并不考虑演员和观众。也许这个严重的错误是因为剧作家忽视了这个问题，而不是有意为难观众。这种不幸的局面在李渔的时代十分常见，他想唤起剧作家的注意，道："总而言之，传奇不比文章，文章做与读书人看，故不怪其深；戏文做与读书人与不读书人同看，又与不读书之妇人小儿同看，故贵浅而不贵深。"⑤

李渔认为，只有当观众理解戏曲的情况下，普遍的戏剧体验才能被所有人共享。简而言之，李渔是极少数懂得"戏剧是要在观众面前、在舞台上表演。观众是在同一地点、同一时间聚集在一起的一群人，目的是共享戏剧的体验"⑥ 的剧作家之一（如果不是唯一的）。

---

① LYCC, V. p.1977.
② Ibid.
③ Ibid., V, p.1933–p.1934.
④ Waley, The Secret History of the Mongols, p.89.
⑤ LYCC. V. 1984. 另见 Man, p.51.
⑥ Carl E. Bain, ed., *Drama* (New York: 1973), p.xiii

（四）主题

剧作家们不仅写作晦涩的长篇唱词，许多人还缺乏原创性。李渔认为许多所谓的今日新剧"非新剧也，皆老僧碎补之衲衣，医士合成之汤药。即众剧之所有，彼割一段，此割一段，合而成之，即是一种'传奇'"。①如果有任何创新，方向往往是错误的，许多李渔同时代的作家利用迷信的、荒唐的和奇异的主题来吸引观众，反过来又抱怨缺乏可用的主题。

李渔说，观看新剧的乐趣在于闻所未闻。因此，他将主题原创性和新奇作为吸引观众注意力的手段。剧作家应该在日常生活场景中寻找灵感，并不需要进入奇幻的领域。李渔这样论证自己的观点："凡说人情物理者，千古相传；凡涉荒唐怪异者，当日即朽。《五经》、《四书》、《左》、《国》、《史》、《汉》，以及唐宋诸大家，何一不说人情？何一不关物理？"②

至于缺乏可用的素材，李渔解释说："即前人已见之事，尽有摹写未尽之情，描画不全之态，若能设身处地，伐隐攻微，彼泉下之人，自能效灵于我。授以生花之笔，假以蕴绣之肠，制为杂剧，使人但赏极新极艳之词，而意忘其为极腐极陈之事者。"③

李渔进一步阐明剧作家可以利用熟悉的主题，产生惊喜的效果："人谓家常日用之事，已被前人做尽，究微极稳，纤芥无遗，非好奇也，求为平而不可得也。予曰：不然。世间奇事无多，常事为多；物理易尽，人情难尽。有一日之君臣父子，即有一日之忠孝节义。性之所发，愈出愈奇，尽有前人未作之事，留之以待后人，后人猛发之心，较之胜于先辈者。"④

---

① LYCC, V. p.1951.

② Ibid., V, p.1960.

③ Ibid., V, p.1962.

④ Ibid., V, p.1960–p.1961; Man, p.65–p.66.

对李渔来说，剧作家拥有足够的自由探索人类行为的许多复杂方面，无须诉诸荒谬奇异的素材。剧作家应该在日常场景中寻求创新，体现生活中真实的主题，比如分离、家庭团圆、悲剧和欢乐。这些主题拥有感染力，让人们欢笑、落泪、喜悦、愤怒，也能激起同情心或共情力。

在熟悉的主题中实现创新和原创能力是剧作家最重要的财富，人类行为的多样性是无限的，永远不会被穷竭。另外，剧作家不必事事求实。为了赞美孝的美德，剧作家只需举一个孝子的例子和一件孝行，不需要是历史真实人物，因为戏剧不过是生活的反映。事实上，剧作家拥有得天独厚的机会去编故事，只要说得通即可。[①]纵使剧作家可以自由地让想象力驰骋，但他必须谨记戏剧的初衷是面对无知的男子和女子劝善黜恶。[②]

（五）情节

在李渔之前，戏曲在情节发展方面相当薄弱。其中一个原因是中国的观众去戏园是为了看自己喜爱的演员演唱和表演熟悉的故事中熟悉的角色。正是由于观众对薄弱情节的盲目接受，在李渔之前并没有批评家明智地提出戏曲中情节发展的重要性。[③]结果，剧作家们缺乏情节统一性的概念，元代之后的许多剧作家经常"不讲根源，单筹枝节，谓多一人可增一人之事。事多则关目亦多，令观场者如入山阴道中，人人应接不暇"。[④]李渔尽最大努力指出这种做法的错位，提出"一人一事"的范式："一本戏中，有无数人名，究竟俱属陪宾，原其初心，止为一人而设；即此一人之身，自始至终，离合悲欢，中具无限情由，无究关目，究竟俱属衍文，原其初心，又止为一事而设；此一人一事，即作传奇之

---

① LYCC, V, p.1964–p.1965.

② Ibid., V, p.1940.

③ An Introduction to Chinese Literature, p.259.

④ LYCC, V, p.1957–p.1958; Man, p.89.

主脑也。"①他以《琵琶记》举例，主人公是蔡伯喈，主要事件是重婚牛府。所有枝节都从这一事而生，换言之，蔡伯喈重婚是戏的"主脑"。②

除了提出戏曲"主脑"的概念，李渔继续谈到好戏必须有发生的可能性且令观众信服，在对《琵琶记》的批评中，李渔提出问题："无论大关节目背谬甚多，如子中状元三载，而家人不知；身赘相府，享尽荣华，不能自遣一仆，而附家报于路人；赵五娘千里寻夫，只身无伴，未审果能全节与否，其谁证之？"③

此外，剧作家需要使剧作的情节紧密，李渔将戏曲创作比作精巧的织工："编戏有如缝衣，其初则以完全者剪碎，其后又以剪碎者凑成。剪碎易，凑成难，凑成之工，全在针线紧密。一节偶疏，全篇之破绽出矣。"④因此，剧作家在创作一出戏时必须考虑到之前和之后发生什么："之前的情节用来指向和预示现在的情节，之后的情节用来呼应、回顾和暗示。"另外，剧作家还必须时刻考虑到整体的结构，包括所有要出场的人物和所有相关的事件。⑤最后的结果应该是一个没有断续痕迹的结构完整的戏剧。就像有机体的血管一样，戏剧应该从开头到结尾是流畅的，所有看起来不相关的部分都为了最终的情节统一。⑥为了达到这个目标，剧作家必须有自己的判断。简言之，李渔的观点与弗赖塔格（Gustave Freytag）（1816—1895）在《戏剧技巧》（Techniques of the Drama）（1863）中提到的十分相似："行动的勾连向我们展现了事件的内在一致性，因为它符合理智和情感上的需求。原始素材中若存在任何不符合

① LYCC, V, 1947; Man, p.90–p.91.
② LYCC, V, p.1947–p.1948.
③ Ibid., V, p.1953.
④ Ibid., V, p.1952.
⑤ Ibid.
⑥ Ibid., V, p.1937.

这个目的的成分，诗人都有义务将其丢弃。"①

弗赖塔格提到了戏剧的五个组成部分：（1）介绍，（2）上升，（3）高潮，（4）回归或下落，（5）灾难或收尾。②李渔表述为"家门""小收煞""大收煞"。我们可以将李渔的"家门"视同弗赖塔格的介绍和上升，将"小收煞"视同高潮和回归，将"大收煞"视为灾难或收尾。

李渔将"家门"视为戏剧最关键的一部分："开场数语，谓之'家门'。虽云为字不多，然非结构已完，胸有成竹者，不能措手。"③"家门"之后是第二出"冲场"，目的是介绍主要人物。李渔认为冲场是决定一本戏文之好歹的关键。④与第二出的专业处理同样重要的是人物出场的顺序。李渔认为重要的角色不可太晚出场，否则，观众可能误以为之前出场的是主要人物，而晚出场的是次要人物。⑤

在西方戏剧中有上升（rising movement）和高潮，上升的结果在高潮时强烈而明确地显示出来。类似地，李渔主张在上半部接近尾声时不再引入新的人物，应该保留悬念，让观众猜测接下来的故事。他将这个部分称为"小收煞"。

与弗赖塔格提到的灾难（catastrophe）对应的是大收煞，是李渔认为最难写的一出。他这样解释其中的原因："如一部之内，要紧脚色共有五人，其先东西南北各自分开，至此必须会和。"⑥但不幸的是，许多笨拙的剧作家简单地把所有人物拉到一起，并没有告诉观众"为什么这样做"符合逻辑。结果，他们给观众造成的感觉是这样的结局不是按照

① Quoted in Dramatic Theory and Criticism, ed. Bernard F. Dukore (New York, 1974), p. 807.
② Ibid., p. 811.
③ LYCC, V, p.2079.
④ LYCC, V, p.2084.
⑤ Ibid., V, p.2085–p.2086.
⑥ Ibid., V, p.2087.

逻辑的发展，而是剧作家刻意为之。在李渔眼中，好的收场要"水到渠成般自然地将各个人物聚到一起"。①

综上所述，一部成功的戏剧应该有"主脑"、紧密的结构，有好的开场、悬念和符合逻辑的、令人信服的结尾，同时，剧作家必须在人类情绪和感受的不同侧面这样的广大世界里采用不可预见性或惊喜来娱乐观众。②

（六）人物塑造和语言

西方戏剧通过行动和对话表现人物，然而中国戏曲由于在传统上注重音乐和演唱因而通过语言塑造人物，李渔在这方面有很多贡献。首先，为了使人物更加可信，李渔认为剧作家在语言选择上必须慎重，他解释说："言者，心之声也，欲代此一人立言，先宜代此一人立心。"③因此，端正之人说话也当如是，邪辟之人的语言应该揭露其内心邪恶的思想。李渔忌讳人物的语言与脚色不相称，比如生使用净或丑的语言，反之亦然。他坚信语言对人物的刻画非常重要。

而且语言必须简单。正如李渔所言："凡读传奇有令人费解，或初阅不佳，深思而后得其意之所在者，便非绝妙好词。"④此外，他认为戏曲的语言与诗歌是完全不同的："诗文之词采，贵典雅而贱粗俗，宜蕴藉而忌分明。词曲不然，话则本之街谈巷议，事则取其直说明言。"⑤李渔虽强调语言的浅显，但反对语言的恶俗。

李渔反对戏曲创作中的填塞："填塞之病有三：多引古事，迭用人名，直书成句。其所以致病之由亦有三：借典核以明博雅，假脂粉以见

---

① Ibid.
② Ibid., V, p.2088.
③ Ibid., V, p.2051.
④ Ibid., V, p.1969.
⑤ Ibid., Man, p.43–p.44.

风姿，取现成以免思索。"①

李渔不赞赏同时代戏曲的书本气，表达了对元杂剧之简朴之风的赞赏。他说："元人非不读书，而所制之曲绝无一毫书本气，以其有书而不用，非当用而无书也，后人之曲则满纸皆书矣。元人非不深心，而所填之词皆觉过于浅近，以其深而出之以浅，非借浅以文其不深也，后人之词则心口皆深矣。"②

贺拉斯（Horace）曾说："诗歌只优美是不够的，还要有魅力，可以任意地吸引听者的注意力。"③ 类似地，李渔也谈到"机趣"的重要性，戏曲要有魅力，能够吸引观众的注意力：

> "机趣"二字，填词家必不可少。机者，传奇之精神；趣者，传奇之风致。少此二物，则如泥人土马，有生形而无生气。因作者主句凑成，遂使观场者逐段记忆，稍不留心，则看到第二曲，不记头一曲是何等情形，看到第二折，不知第三折要作何勾当。是心口徒劳，耳目俱涩。④

（七）宾白

元杂剧既有不同曲牌的曲，又有宾白，主要人物通过曲表达情绪和感受，行动则通过宾白推进。⑤ 尽管宾白对戏曲的整体效果很重要，但宾白的语言大多质量较低，与文人的手笔不相称。《曲律·杂论》点出了这一问题："元人诸剧，为曲皆佳，而白则猥鄙俚亵，不似文人口吻。盖由当时皆教坊乐工先撰成间架说白。"⑥ 更糟糕的是，明代的一些杂剧中不包括这种出自乐工而非文人之手的宾白。一些敏锐的批评家注意到

---

① LYCC, V, p.1983.
② Ibid, V, p.1969–p.1970. Man, p.44–p.45.
③ Quoted in *Dramatic Theory and Criticism*, p. 70.
④ LYCC, V, p.1975; Man, p.48–p.49.
⑤ *An Introduction to Chinese Literature*, p. 170.
⑥ Chu Tung-jun, "Li Yu hsi-chu-lun tsung-shu", quoted in *LYCC*, XV, p.6708.

了这一明显的缺陷，王骥德认为戏曲中宾白应该简明、清晰，也应使用抑扬的音调。臧懋循在《元曲选》的序言中提到"《西厢记》二十一折中只有少量宾白"，① 他认为这是由于戏曲传统的成规所限。

李渔自然注意到了这个问题和它的严重性。他说："自来作传奇者，止重填词，视宾白为末着，常有白雪阳春其调，而巴人下里其言者，予窃怪之⋯⋯由是观之，则初时止有填词，其介白之文，未必不系后来添设。在元人，则以当时所重不在于此，是以轻之。"②

为了纠正这一问题，李渔明确地提出："曲之有白，就文字论之，则犹经文之于传注；就物理论之，则如栋梁之于榱桷；就人身论之，则如肢体之于血脉。"③ 李渔的确在这个领域作出了重要的贡献，他毫不掩饰地说："传奇中宾白之繁，实自予始。海内知我者与罪我者半。知我者曰：从来宾白作说话观，随口出之即是，笠翁宾白当文章做，字字俱费推敲。"④ 他还说："有最得意之曲文，即当有最得意之宾白，但使笔酣墨饱，其势自能相生。常有因得一句好白，而引起无限曲情。"⑤

为了帮助剧作家在写作宾白时达到预期的效果，李渔建议在声音上要铿锵，以激发疲惫困倦的观众的兴趣；使用与每个角色身份相称的语言；完稿后删减不必要的内容；区分南音和北音；文字要精简；风格要精巧；限制方言的使用；注意可能的前后不一致。

对于可能的漏洞，李渔以《玉簪记》中陈妙常举例。剧中形容陈妙常打坐于"禅堂"、身穿"缁衣"，这些词是用于佛家的，不适用于道姑。⑥

---

① LYCC, XV, p.6709, 另见 Tsang, *Yuan-ch'u hsuan*, vol. 1, *Ssu-pu pei-yao* ed. p. la
② LYCC, V, p.2043–p.2044; Man, p.115–p.116.
③ LYCC, V, p.2044.
④ Ibid. V, p.2052–p.2053.
⑤ Ibid. V, p.2045; Man, p, 121.
⑥ LYCC, V, p.2046–p.2068.

为了检验每句对白是否合适，李渔进一步指出剧作家应该设身处地于每个角色的情境，这正是他自己在创造戏曲时的做法。

李渔无疑吸引了其他剧作家关注戏曲创作这方面的评论。他不仅引发了其他人的关注，也是第一个在这个问题上完整地发表评论的人。通过他友人之口可以说明他对创作宾白的艺术作出的贡献："知我者曰：从来宾白做说话观，随口出之既是，笠翁宾白当文章做，字字俱费推敲。"①

（七）喜剧元素

在李渔的时代，戏曲的演出时间要么在白天要么在夜里，许多剧目过分冗长，很快就令观众感到无聊而昏昏欲睡。为了驱除睡魔，李渔提出要关注科诨的引入，应该自然而非刻意，诙谐又具有启发意义。在他看来，最好的科诨应该近俗，但不应该太俗。如果脱离了寻常的本质，则显得迂腐；如果太过庸俗，则非文人之笔。李渔认为汤显祖"四梦"之《还魂》是科诨恰到好处的代表。②他坚决反对舞台上淫亵的表达，他解释说：

> 戏文中花面插科，动及淫邪之事，有房中道不出口之话，公然道之戏场者。无论雅人塞耳，正士低头，惟恐恶声之污听，且防男女同观，共闻亵语，未必不开窥窃之门。③

五、戏曲制作

"填词之设，专为登场；登场之道，盖亦难言之矣。"④李渔如是说。接下来，他阐释了一部戏成功的根本因素：第一，制作人必须明智

---

① Ibid. V, p.2052–p.2053；另见 Man, p. 122.
② LYCC, V, p.2072.
③ Ibid. V, p.2070–p.2071; Man. p.75.
④ LYCC, V, p.2093.

地选取排演的剧目。一旦选错，所有努力连同演员的辛苦皆是白费。① 李渔认为与其选择喧闹热烈的场面，还不如以戏剧内在的张力为判断来选剧，指的是能够反映人的本性的剧。这样的戏剧比台上模拟的战争场面或锣鼓喧天效果更好。因为满场钲鼓雷鸣不仅无法打动观众，而且震耳欲聋的声音令人避之不及。②

第二，制作人要深谙观众的心理，演戏最好在晚上，而非白天。李渔在这点上的观察是正确的，舞台要尽量制造生活的幻象，夜晚四周相对黑暗的时候是制造这种幻觉的最佳时刻。而且，他认为白天观众各有各的事情要做，到了晚上才会更加放松。③

第三，制作人要灵活机动，准备地应对各种状况。当观众有空闲又精力集中地沉醉于剧情之中时，可以从头至尾完整地表演。相反，如果观众精力分散，他要指导演员删去不吸引人的情节，甚至更改一部分宾白，而保留最重要的内容。④

第四，制作人必须同时扮演编辑的角色。在排演旧剧时，他必须删去原本人物行动上的不妥当或矛盾之处，还要擅长于修补原作的瑕疵。⑤

第五，制作人应该注意音乐伴奏。如果乐声过大，则经常掩盖了演员的歌唱："丝、竹、肉三音，向皆孤行独立，未有合用者，合之自近年始。三籁齐鸣，天人合一，亦金声玉振之遗意也，未尝不佳；但须以肉为主，而丝竹副之，使不出自然者亦渐近自然，始有主行客随之妙。"⑥ 此外，锣鼓如果在不恰当的时候开始，则会破坏表演的效果。比

---

① Ibid. V, p.2095–p.2096.
② Ibid. V, p.2100.
③ LYCC, V, p.2103.
④ Ibid. V, p.2103–p.2104.
⑤ Ibid. V, p.2109–p.2111.
⑥ Ibid. V, p.2168–p.2169; Man, p.157–p.158.

如，宾白未了或曲调初起之时，锣鼓突然响起，则会影响演出效果。因此，李渔提醒制作人一定要保证曲和锣鼓之间的和谐。①

第六，制作人应该注意戏场中的错误，包括衣冠的恶习，对吴地方言的歧视，过度使用感叹词，如"呀"和"且住"，以及台上不恰当的恶作剧。②

李渔深深地感到富贵之人和有影响力的人应该为舞台表演的质量承担主要责任。他们作为戏曲的赞助人，对业内人士有着不可估量的影响，应该坚持对品质的要求。他说："当今瓦缶雷鸣，金石绝响，非歌者投胎之误，优师指路之谜，皆顾曲周郎之过也。使要津之上，得一二主持风雅之人，凡见此等无情之剧，或弃而不点，或演不终篇而斥之使罢……观者求精，则演者不敢浪习。"③

六、训练演员

唐代设立了梨园后，歌者、伶人和舞者就受到训练，在皇家宴会和其他节庆场合表演。宋元时期依然延续这样的训练，主要强调的是背诵和歌唱。演员大多出身贫苦之家，目不识丁，很难理解歌曲所唱之意。有时候他们在唱悲剧性的唱段时，脸上却带着喜色，反之亦然。有时候他们吐字不清、缺少顿挫，令观众兴味索然。④

由于演唱是中国戏曲最重要的部分，李渔认为演员的训练需从授曲开始。优师应该首先解明曲意，因为"解明情节，知其意之所在，则唱出口时，俨然此种神情……解之时义大矣哉！"⑤

优师还需要调熟字音，这其中的道理不言而喻。李渔说："学唱

---

① LYCC, V, p.2167–p.2168.
② LYCC, V, p.2190–p.2194.
③ Ibid. V, p.2095; Man, p.139–p.140.
④ LYCC, V, p.2157–p.2158.
⑤ Ibid, V, p.2159; Man, p. 146.

之人，勿论巧拙，只看有口无口；听曲之人，慢讲精粗，先问有字无字。"① 因此，李渔强调学徒应该将发音的清晰性作为第一个目标，练习发音，字字分明。②

一旦演员可以清楚地发出字头、字尾及余音，便可以教授其唱曲，唱要用心而不是只用嘴唱：

> 口唱而心不唱，口中有曲而面上身上无曲，此所谓无情之曲，与蒙童背书，同一勉强而非自然者也。虽腔板极正，喉舌齿牙极清，终是第二、第三等词曲，非登峰造极之技也。③

上述授曲的原则同样适用于教授宾白，尽管李渔认为掌握宾白的抑扬顿挫比歌唱的艺术要困难得多。他这样解释原因：

> 盖词曲中之高低抑扬，缓急顿挫，皆有一定不移之格，谱载分明，师传严切，习之既惯，自然不出范围。至宾白中之高低抑扬，缓急顿挫，则无腔板可按、谱籍可查，止靠曲师口授。④

宾白的抑扬顿挫是一门艺术。演员调整自己的声音，变换高低和语气，以传达字里行间的准确含义。音高、音量和时长的变换构成了说白的韵律，李渔希望演员都能掌握这门艺术：

> 宾白虽系常谈，其中悉具至理……白有高低抑扬，何者当高而扬？何者当低而扬？曰：若唱曲然。曲文之中，有正字，有衬字……说白之中，亦有正字，亦有衬字，其理同，则其法亦同。一段有一段之主客，一句

---

① LYCC, V, p.2164.
② LYCC, V, p.2165.
③ Ibid. V, p.2158; Man, p. 145.
④ LYCC, V, p.2172–p.2172; Man, p.150–p.151.

有一句之主客。主高而扬，客低而抑，此至当不易之理，即最简极便之法也。①

除了音量和音高的变换，宾白的缓急顿挫对演员也是重要的。李渔将其重要性比喻为美人："妇人之态，不可明言；宾白中之缓急顿挫，亦不可明言；是二事一致。"②统一的节奏或节奏过快、过慢，要么令观众感到无聊，要么感到烦躁。因此，停顿对说白者至关重要。有时候字句之间的短暂停顿比连续不断更可取，因为停顿之间可能留给观众惊喜或期待。李渔提出大体上的原则："大约两句三句而止言一事者，当一气赶下，中间断句处勿太迟缓；或一句止言一事，而下句又言别事，或同一事而另分意者，则当稍断，不可竟连下句。"③

除了强调掌握歌唱和抑扬顿挫之艺术的诸多方面，李渔还主张自然和生动的表演，认为角色应与脚色相适宜，凡是破坏特定角色的行为都会损伤演出的整体效果。

七、结论

尽管李渔在书中阐述了戏曲的很多方面，但他认为自己的作品并不完全符合这些要求："予终岁饥驱，杜门日少，每有所作，率多草草成编，章名急就。非不欲删，非不欲改，无可删可改之时也。每成一剧，才落毫端，即为坊人攫去。"④他还说："如其天假以年，得于所传十种之外，别有新词，则能保为犬夜鸡晨，鸣乎其所当鸣，默乎其所不得不默者矣。"⑤

综上所述，尽管在李渔之前有戏曲批评的作品，但无人强调结构、

---

① LYCC, V, p.2175–p.2177; Man, p.151–p.152.
② LYCC, V, p.2183; Man, p, 153.
③ LYCC, V, p.2182.
④ LYCC, V, p.2062.
⑤ LYCC, V, p.2058.

韵律、修辞和音乐的细节。①李渔完整的理论源于自己对于戏曲的经验以及对前人作品的观察，这与亚里士多德很相似，亚里士多德是通过评价古希腊著名剧作家的作品而形成了自己的理论。李渔以坦率和诚恳的态度指出中国戏曲舞台上的不足之处，并提出了有建设性的修正方法。

也许可以不过分夸张地说，尽管李渔的戏曲理论根植于中国的土壤，但却跨越了中国戏曲的界限，在与西方文学批评的比较中具有启发意义。他认为戏剧要表达人的感受和展现人的本质，这与塞缪尔·约翰逊（Samuel Johnson）很相似，塞缪尔认为自然和激情是诗人的主要关注点。李渔对戏曲中"情"与"景"的观点与艾略特（T. S. Eliot）提出的诗歌中"客观对应物"（objective correlatives）的观点不谋而合。他主张通过娱乐来滋养观众的看法与本·琼森（Ben Jonson）、约翰·德莱顿（John Dryden）等复辟时期批评家倡导的"寓教于乐"（instruction with delight）的概念是相似的。最后，他关于戏曲结构的讨论不仅使人联想到弗赖塔格，还想到亚里士多德的行动统一律。②

在李渔的众多贡献中，最重要的是他推广了"戏曲是要在观众面前演出"这一理念——观众是在同一地点、同一时间聚集在一起的一群人，目的是共享戏曲的体验。剧作家、制作人和演员的每一分努力都是为了满足观众。单凭这一点，中国戏曲也要感谢李渔所作的贡献。

---

① James J. Y. Liu, Chinese Theories of Literature (Chicago, 1975), p. 92.
② Man, p. 173.

中国式娱乐：李渔别开生面的戏剧

译文介绍

本文选自美国学者艾瑞克·亨利出版于 1980 年的英文专著《中国式娱乐：李渔别开生面的戏剧》（Eric P. Henry. *Chinese Amusement: The lively Plays of Li Yu*, Hamden CT: Archon Book, 1980）。该文基于作者在耶鲁大学亚洲语言与文学系的博士论文修订而成，着重于探讨李渔传奇作品的喜剧性，是英语世界较早的一部关于李渔的专著。鉴于当时李渔戏剧缺少英译本的情况，为了方便英语世界对中国文学感兴趣的研究者和普通读者，该书还将重点讨论的四部传奇《比目鱼》《巧团圆》《风筝误》和《奈何天》按照场次逐一总结了内容提要。本文译自该书的第一章"The Medium: Drama, Story and Comedy"，从中西方文学比较的视角出发，论述了李渔传奇的特点和喜剧精神。

作者介绍

艾瑞克·亨利于 1979 在耶鲁大学亚洲语言与文学系取得博士学位，曾在中国台北进修中文，之后任教于美国北卡罗来纳大学东亚语言与亚洲研究系，现已退休。

媒介：戏剧、故事和喜剧

成长的戏剧超过了玩具，

玩具是模仿的身形、面孔和语句：

它有时也会超过

风景画的模拟……

更绝妙的舞台关乎灵魂，

移动的幻想和天国的光明，

宏大的交响乐寂静了

停停顿顿的韵律的声音。

　　　　——伊丽莎白·巴雷特·布朗宁《奥萝拉·莉》（1857）①

是诗人幻想的优雅化身，是人类智慧的实现，镀着梦幻时刻的灿烂光芒，在心灵的眼前打开新的奇妙世界，这样的戏剧消失了，完美地消失了。

　　　　——查尔斯·狄更斯《尼古拉斯·尼克尔贝》（1839）②

在《对戏剧的看法》（Thoughts on Comedy）（1798）一文中，霍

---

① 译者注：选自英国维多利亚时代女诗人 Elizabeth Barrett Browning 的长篇诗歌 *Aurora Leigh*。原文为：The growing drama has outgrown such toys/ Of simulated stature, face and speech:/ It also peradventure may outgrow/ The simulation of the painted scene, …/ And take for a worthier stage the soul itself,/ Its shifting fancies and celestial lights,/ With all its grand orchestral silences/ To keep the pauses of its rhythmic sounds.

② 选自查尔斯·狄更斯的小说《尼古拉斯·尼克尔贝》（Nicholas Nickleby）。原文为："As the exquisite embodiment of the poet's visions, and a realization of human intellectuality, gilding with refulgent light our dreamy moments, and laying open a new and magic world before the mental eye, the drama is gone." 在小说中，这几句话出自一个滑稽人物（一个庸俗旅行的戏剧经理）之口，作者的意图是取笑这个人荒谬的知识分子自负。

勒斯·沃波尔（Horace Walpole）提到中国人是非常讲究仪式的民族，从而认为中国人不会有惊人的喜剧。然而，这种看法实际上与中国无关，只是反映了沃波尔担忧"礼貌这一洪水猛兽"会吞没英格兰和欧洲，剥夺剧作家们的喜剧天然素材，给人类的激情和古怪穿上礼貌的外衣。[①] 时间的流逝淡化了我们对 18 世纪的回顾，未对沃波尔做出上述评论时所担心的感伤喜剧（sentimental comedy）足够重视，所以，我们可以提出反对，用礼节仪式替代社会生活行为并不会造成喜剧的衰败，而会使基于心理和伦理的喜剧过渡为基于社会习俗的喜剧，简言之，就是从幽默喜剧（comedy of humors）过渡为风俗喜剧（comedy of manners）。[②] 实际上，我们一直以来都倾向于将"喜剧"与"风俗喜剧"联系起来，如果人们因为社会生活中既定行为更加刻板而复杂的规范逐渐消失而容易陷入反向的焦虑，那么，留给戏剧家通过礼貌的伪装、社交尴尬和讽刺的巧妙应答来实现喜剧目的的空间很狭窄。[③] 我们也许可以推论，注重仪式的中国人一定有丰厚的喜剧传统。

　　然而，这两种反应都错误地将喜剧简单地视为滑稽情景的集合，在被描绘的社会，这样的情景能够发生、具有活力。喜剧不是简单的发现和积累，而是一种看法和分析。某种程度上，它通常揭露和批判戏剧家

---

① Oliver Goldsmith 在 "An Essay on the Theatre or a Comparison Between Laughing and Sentimental Comedy" (1773) 一文以及 *The Good-natured Man* (1768) 的序言中也表达了类似的担忧。这些文章以及 Walpole 的论文收录在 W.K. Winsatt, ed., The Idea of Comedy (Englewood cliffs, New Jersey: Prentice Hall, 1969).

② 这些定义来自 L.J, Potts, Comedy (1948; reprint ed., New York: Capricorn Books, 1966). p. 120

③ 持这种态度的表达见 Walter Scorell, Facets of Comedy, (New York: Grosset and Dunlap, 1972), p 192–p.218

和观众所定义的"冒犯良好的社会行为"。^①这种违背表现在任何可能想象的社会场景中，它们富于技巧性的描绘既滑稽又引人深思。^②稀缺的不是喜剧的素材，而是怀疑、娱乐的精神和冷眼旁观的专注，如果戏剧家要从身边纷繁的滑稽而有意义的行为中创造可行的喜剧体系，必须具备上述精神。^③礼仪或缺少礼仪都不是喜剧的障碍，对这两种情况强烈的执着可能对喜剧是毁灭性的。

可以说，中国传统戏剧中有很多喜剧，但也可以说少之又少。写于明代和清初的大量才子佳人剧充满了各种喜剧片段，但只有一少部分在主题和事件上都具有喜剧性。零星有一些戏曲可以被视为在整体上具有喜剧性，代表了喜剧家的艺术光芒，但他们在中国或其他范围没有获得很高的声誉。^④因此，当我们在中国戏剧的背景下讨论喜剧时，它并不是像西方戏剧传统中那样清晰和成熟的概念。中国传统文人通常有敏锐的幽默感，但他们（也许是这个原因）从未花费足够的时间将喜剧作为一

---

① 喜剧与描绘社会弱点的关系已经被亚里士多德以来的大部分喜剧理论家以某种方式表明，认为喜剧相对来讲刻画的是社会底层，他们的声音是"荒谬的"（the rediculous），被定义为无害的错误、缺陷或丑陋。见 Aristotole, *Poetics*, trans. Leon Golden, commentary by O.B. Hardison, Jr. (Englewood Cliffs, New Jersey: Prentice Hall, 1968), Chapter 5, p.9。两个世纪后，这个观点被 Carlo Goldoni（1707—1793）（用威尼斯语）自信而充分地表达："喜剧被用来惩罚行为的错误和嘲讽令人不快的习惯。"见 Goldoni, *Il Teatro Comica* (1751), reprinted in Goldoni, *Opere*, ed. Gianfranco Folena and Nicola Mangini (Milan: printed for Ugo Mursia, 1969), act 2, scene 1. p.353。

② Cf. Henry Fielding, preface to *Joseph Andrews*: "life every where furnishes an accurate observer with the Ridiculous" (New York: Penguin Books, 1977) p. 26。

③ 莫里哀似乎认为推理的能力（faculty of reason）是戏剧观的首要方式。在"Lettre sur L'imposteur"(1667) 中，在维护 Tartuffe 的册子中，莫里哀或相关人将喜剧性定位为"自然之神将不合理的一切赋予可觉察的、外在的形式"；"我们认为极度缺乏理性的一切都是荒谬的……它伴随着谎言、伪装、诡计、掩饰，一切与潜藏的本质不符的外表，一言以蔽之，一切从单一原则出发的行动的矛盾在本质上都是荒谬的。"见 W.G Moore, Moliere（1949, reprint ed., Oxford: Clarendon Press, 1962),p.143–p.144。

④ 除了李渔，还有一些传奇在整体上可以被认为具有喜剧性，如汪廷讷《狮吼记》、《金雀记》（作者不详）、《东郭记》、单本《蕉帕记》等。

种戏剧类型加以讨论。①

"喜剧"（comedy）一词及其派生词可以有很多不同的含义，因此这里有必要进行分类，以避免混淆。我们可以大体上分成三种不同的用法：

（1）喜剧作为一种文学形式。在这个意义上，该词指代一种类型的情节结构，出现在古希腊剧作家米南达、古罗马剧作家普劳图斯和泰伦斯的戏剧中（被称为"新喜剧"，与阿里斯托芬的"旧喜剧"对应）。英俊的年轻男子与迷人的年轻女子相爱，克服了来自环境、恶人、对手和蛮横长辈的阻挠，最终幸福地结合。他们通常借助聪明的奴隶和仆人、爱情信物、乔装和发现失落已久的家庭秘密。这种情节结构通常在各种风格的喜剧中保持不变，被区分为浪漫喜剧（romantic comedy）、讽刺喜剧（satiric comedy）、风俗喜剧（comedy of manners）、闹剧（farce）、伤感喜剧（sentimental comedy）等。甚至在阿里斯托芬或旧喜剧中也能观察到它的迹象，但旧喜剧有着不同的结构。喜剧的结构与主要情绪之间没有必然的关系，一部戏或一部小说与悲伤或欢笑没有关系也可以从结构的角度成为喜剧。《一报还一报》（*Measure for Measure*）和《小杜丽》（*Little Dorrit*）在结构上是喜剧：尽管主题是沉重的。明代和清代的爱情剧通常是严肃的，有时对前景的态度是灰暗的，但它们从结构的角度是喜剧：年轻的情侣克服阻碍，终成眷属并得到社会认可。错误得到纠正，痛苦得到疏解，家庭最终团圆。中国的才子佳人小说也是如此，其结构取自于舞台。

（2）喜剧作为一种文学态度。在这个意义上，喜剧的视角将理想的人物定义为群体中顺从的成员。这与悲剧的视角相反，悲剧认为理想

---

① 现在中国和远东其他地区通用的"喜剧"这个词是现代创造的，作为与西方词汇的对应。中国传统文人多用"滑稽""诙谐""丑态"来形容喜剧素材。

的人物可以或应该在精神上独立，不受普通人类社会繁文缛节的影响。悲剧赞美从自己的处境中站起来的冲动，喜剧打压伴随这种冲动的自以为是，暗示我们永远不要忘记自己的处境。① 喜剧的态度可能存在或不存在于结构上属于喜剧的作品中。一般来说，相比与浪漫相关的喜剧，它更倾向于与现实主义和批判性观察相关的喜剧产生联系。喜剧的态度尽管经常与喜剧结构有关，但它也可能存在于非喜剧结构的作品中，比如本·琼森（Ben Jonson）《炼金术士》（*The Alchemist*）、吴敬梓《儒林外史》。喜剧的态度尽管经常与幽默和欢笑有关，但它也可能大量存在于不引人发笑的作品中，比如简·奥斯汀（Jane Austen）和亨利·詹姆斯（Henry James）的小说。相反，引发笑声的插科打诨可能是有趣的，但不具有这种喜剧态度。中国才子佳人剧是结构上的喜剧，但只有少数在第二种意义上可以算作喜剧，李渔的主要戏剧作品就属于这类少数。

（3）喜剧作为一类文学内容。在这个意义上，喜剧指代幽默、诙谐，是大众的、非专业的感受。它可以单独发生（比如独角滑稽秀演员的表演），或与上述一种或两种喜剧结合。如上文提到的，它以片段的形式出现在所有中国戏剧中。丑角是戏曲舞台的标准行当之一，而恶人也经常像丑角一样做出滑稽行为。它大量存在于李渔的戏曲中，他的作品充满了各种类型的娱乐，从最微妙的讽刺到最粗俗的捧腹大笑。

可能会有人对喜剧的上述含义提出反对意见，认为这些含义通常是相结合的，在指代上是紧密关联的。这种观点完全正确，也正说明了上述区分为何是必要的。当一个词汇的多重含义有密切的关联性时，沟通存在错误的事实可能不被人察觉，只有在这种情况下，语义上的误解会

---

① L.J. Potts, Comedy (New York: Capricorn Books, 1966), p.16–p.22 and passim.

造成真正的危害。

当我称李渔（或其他作家）为喜剧家时，我主要指的是第二种意义上的喜剧，即喜剧作为一种文学态度。第一种喜剧不具有足够的限制性，在这个意义上，每位中国才子佳人剧的作者（或西方浪漫喜剧的作者）都可以被视为喜剧家。相反，第三种喜剧削减了太多的作品，没有必要用"喜剧家"这个词来形容那些主要意图在于引发笑声的作家，"幽默家"（humorist）也可以表达这层意思。

李渔可能是最有名的专写喜剧的中国剧作家，我们对他的兴趣或多或少来自他对这种小众的文学类型的涉足。哪怕我们的好奇心在最后不能被满足，我们还是忍不住好奇是什么想法或经历可能造成他渴望创作这种不同寻常的戏剧类型。我们也很自然地想要知道，在并非取自希腊和罗马的文化中的"喜剧"是何种模样。然而，在讨论李渔如何着手创作喜剧之前，有必要来说明李渔写作的媒介。

在英文中，我们不得不说李渔写作"戏剧"（plays），但李渔的作品与这个词在西方读者认知中所指代的对象有很大不同。在中文中，该文体叫作"传奇"，在词源上的含义是"奇闻逸事"，最初并不是适用于戏剧，而是指唐代出现的一种文言短篇小说，大多记录灵异事件。在本文中两种含义的"传奇"都会被提及，在英文中用"传奇小说"（ch'uan-ch'i tale）和"传奇戏曲"（ch'uan-ch'i play）避免混淆。

传奇戏曲是戏曲的格式，由唱词、诗和散文宾白组成，读者可以想象演员在台上的表演。传奇通常被分为三十出及以上，长度和复杂性不一，平均一出比莎士比亚戏剧的一场要长，比一幕要短。传奇多达四十或五十出也并非罕见，名气最大的《牡丹亭》有五十五出。时至今日，因为太长，传奇很少做整本演出。使传奇保持生命力的普遍做法是单独上演最有名的一出，但并不一定来自同一部作品。这种做法似乎在传奇盛极一时的明代和清初也很常见。① 这种文学形式旨在展现全面性，就像小说或壁毯。白之（Cyril Birch）巧妙地将其形容为"波浪起伏的队列"（undulating cavalcades）。② 这种形式发展到后来显得更加文学化，既用于阅读又用于演出。③

我必须顺带提及的是，传奇戏曲在这点上与另一种中国戏曲形式——杂剧——的显著区别。这两种形式都作为大众娱乐在宋代晚期出现，作为文化精英的消遣在清代中期衰落，杂剧比传奇早大约一个世纪达到主流地位。杂剧篇幅短（通常四折或四折半）而集中（一人主唱）。元代是杂剧最具活力的时期，杂剧的写作主要用于演出，而非精读。杂剧的文本显然是作为事后的想法被保留下来。④ 杂剧在范围上比典型的西方戏剧狭窄，传奇戏曲则要宽广得多。

如果将传奇视为一种形式，我们需要把它想象得比戏剧更加小说化，比小说更加仪式化。它在时间、地点和焦点上没有特定的限制。每出之间可以相隔几个月或几年；地点可以在一出中是奢华的私人庭院，在下一出中则是千里之外的军营，或者是没有特定地点的魔法岛屿或身后世界。地点的转换可能引出一组新的人物，他们与上一组人物的关系在后文揭晓前不需要被明确。新的人物可以在任何需要的时候被引入，哪怕是在最后一出中。通常会有一条次要情节仿效或与主要情节并行。

---

① 同时代文献提及传奇演出通常清楚地说明只单独上演几出。比如，李渔的《比目鱼》中有两出提到戏班在当地节庆表演传奇，两次都只表演了一出（《荆钗记》）。在第一次表演中，女主角邀请赞助人如果想要可以再点戏。

② Birch's preface to K'ung Shang-jen, The Peach Blossom Fan, trans. Ch'en Shih-hsiang, Harold Acton, and Cyril Birch (Berkeley: University of California Press, 1976)。

③ 比如，吴炳《疗妒羹》第九出有女主角夜读《牡丹亭》的情节。

④ 元杂剧的主要选集（《元曲选》）出版于 1616 年，距离元杂剧鼎盛期已有三百多年，几个世纪以来一直是唯一的元杂剧选集，直到新近（1918 年和 1940 年）发现的木板版本和手稿。见 James I. Crump, "The Elements of Yuan Opera," Journal of Asian Studies 17 [1957–1958]: p.417–p.434).

传奇中的人物有关于想法和感官的内在生活，如同行动和语言的外在生活一样被明确而连续地表达出来。内心的想法主要通过随处可见的唱词表达，同样也出现在开场诗、结尾诗和自由运用的旁白中。传奇的推进是通过行动和思想的不断变化。每次戏剧场景的微小变化都会引出抒发情绪的唱词。

所以，这种戏剧形式近似于叙事文学，我们甚至可以不时地从细节处发现类似于抽离的、说教的叙事者的声音。舞台导演兼作者在第一出和结尾处发表对戏的评论，剧中人物也可以后退，在每出的收尾诗中以抽离的视角看待行动（有时甚至可以把戏当作戏来讨论）。不太常见但更加隐晦的办法是，他们可能在入场诗和下场诗中从行动中抽离。

从这些方面来看，传奇是一种具有很大的自由度和广度的形式；如果后台有一个滴答作响的时钟，它走得十分无力，如此之长的时间间隔使得传奇的时间感如同现实生活的时间感一样，令读者感受不到它的进展或结束。在这个角度上，传奇戏曲类似于西方文学中最开阔、最"内在"的文学形式——小说。但是，小说倾向于去除杂质，或者在自己的结构中隐藏虚构的成分，激发读者幻想展现在眼前的完全是生活本身，不被任何文学惯例或结构要求约束。传奇最初给人的感觉是完全相反的，它给人的感觉是在仪式性和疏离感上坚持完美，它引发的赞叹不是"好贴近生活！"或"好真实！"，而是"好新颖！"或"好精巧！"

然而，我们也需要认识到传奇的视角在何种程度上起到陌生化效应。传奇读得越多，就会越少关注文学惯例（conventions）。老道的读者会透过惯例看主题，好像透过玻璃窗一样。而且，传奇剧作家们在疏离感和现实主义之间存在较大的差异，文辞派注重雅致和隐喻，而本色派则注重通俗易懂和生动直接。李渔在理论上和实践上都是后者的热情拥护者。不过，该文体的新手更容易被周密的文学惯例所折服，胜过对自然主义的专注。

在传奇的世界中，每个角色都有特定的脚色，比如丑、净、生等。人物在剧本中不是标注人名，而是标注脚色行当，因为不同脚色在化妆和服装上有不同的规则，在舞台上一眼便可认出。因此，在传奇中没有模棱两可的人物，也不注重刻画性格特征，人物的戏剧身份即传达了观众所期待的行为特征。最初将人物划分为不同的脚色并不排斥细微的刻画，只是建立了不同的界限，在界限内可以加入细微的表现。比如，雅致和敏感的特征一般只体现在男主角和女主角（生和旦）身上。小生和小旦作为辅助角色一般表现为正直、忠诚、得体等，但不表现更高级的敏感性。粗陋和幽默是丑和净的特质。这些差别属于形式上的规则。

传奇对身段、事件以及人物性格都有着固定的规范。舞台指示很少超过简短的公式，比如"震惊介""大笑介""哭介""叹气介"等。舞台上用各种设计好的身段表现状态和行动，这些程式显然是作为符号，而非模仿。自由地运用符号来表现行动和情绪状态并不像最开始想象中那样不具有模仿性，而是可以被视作对趋势的强化的表达，在各个文化层次的人群中都能发现。传奇是程式化的，但它反映的生活亦是如此。当然，被外行人视为程式的东西可能在内行人眼中已经成为无意识的惯例，所以根本注意不到。

传奇能拥有小说一样的广度某种程度上要归功于其非小说化的动作程式。可以运用非模仿的符号使剧作家在构想场景时拥有小说家一样的自由；他不需要被"在舞台上如何实现现实主义的表演"这一难题困扰。这更真实地体现了传奇剧本的写作更多是作为案头而非表演所用。在（通常是想象中）舞台上，可以用缩短的时间表现起草和阅读文件，可以在舞台上发生（或假设发生）靠步行、骑马、乘船、乘轿的旅程，完整的战争可以展现在（假设的）观众眼前，等等。

唯一限制传奇剧作家自由讲故事的因素来自因循守旧的习惯，束缚了叙事和戏剧想象。这种限制由于无意识和习惯性反而效果更加明显，足以使传奇的情节显得千篇一律。大部分传奇利用传统的或至少事先存在的故事作为素材，即使是讲述新故事，也属于或借用某些传统的叙事模式。这类叙事模式有很多显著的特征，它们一起构成了上文提到的事件的固定模式。

在此，我们只需要描述这些叙事模式中最常见的，我想要借用"浪漫喜剧"（romantic comedy）这个词。[1] 这种模式占据了传奇总数的一大半，最有名的十几部传奇几乎都属于这个模式，李渔的戏剧也都属于或取自或反对这种模式。[2]

中国的浪漫喜剧围绕"爱情和社会地位的获得"而展开。第一出由开场诗组成，介绍故事梗概，由一位舞台经理演唱，其角色类似于作者的身份（author's persona）。[3] 第二出男主角出场，他能力出众却尚未得到赏识，还未娶妻，正在寻觅心仪的女子，他贫穷又缺乏社会关系，事实上还经常是孤儿的身份。[4] 第三出女主角出场，她富有教养和文才，可能是（通常是显赫的）名门闺秀，或者是受当地（通常是江苏—浙江地

---

[1] 采用这一词汇参考 Richard Strassberg in his dissertation "The Peach Blossom Fan: Personal Cultivation in a Chinese Drama" (Princeton University, 1975)。

[2] 浪漫模式占据主流使人容易忘记不是所有传奇都与爱情故事有关。非爱情故事的传奇最有名的可能要数王世贞的《鸣凤记》，讲述推翻严嵩和严世蕃父子的政治斗争。该剧的组织有些松散，形式类似莎士比亚的历史剧《亨利六世》。李玉的《一捧雪》也讲述了同一场政治斗争，虽然也没讲述爱情故事，但更接近于浪漫模式，因为它集中讲述了一个家庭的磨难起伏，并以一个象征物为中心。其他不属于浪漫模式的传奇戏曲还有《杀狗记》《三元记》《博笑记》《东郭记》。还有一些传奇属于破案故事，比如南戏《小孙屠》，以及围绕《水浒传》中绿林好汉的剧目，如沈璟的《义侠记》。

[3] 这是所有传奇戏曲的特征，并不仅限于浪漫喜剧。

[4] 主要的例外情况是男主角是帝王而渴望寻求理想的伴侣，比如洪昇《长生殿》。李渔的《玉搔头》也是这种类型，讲述了明朝正德皇帝与妓女刘倩倩的爱情故事，是李渔可知戏曲中最早的一部。另外一种子类型是已婚无子嗣的男子和作为妾室的女子之间的爱情，比如吴炳《疗妒羹》。

区，也称吴地）青年追捧的名妓。如果是名妓，她通常原本出身良家，但由于某些不幸的经历与家人失散。接下来的几出描绘二人的初次接触，通常谨慎而微妙，典型的形式是通过对诗。女主角爱慕男主角，通过唱词和宾白表达对他的思念，但她依然是不易接近的，由于门庭的显赫或规矩森严。如果是妓女的话，则是由于贪婪的"继母"要求巨额的钱财，才愿放弃如此有价值的"财产"。爱侣之间的忠诚通常通过信物约定和象征，比如扇子或手镯，信物之后可能作为（真或假）相逢的手段。传奇的剧名通常取自于这种定情信物。

在叙事的过程中一般会出现两种类型的恶人。第一种是实力雄厚的庸俗之人（通常是富商，有时是邪恶的官员），想要纳女主角为妾。第二种是有野心的土匪或叛军首领，想要推翻统治者成为新的天子。军事行动造成的社会动荡导致男女主角被迫分离或与家人失散，造成许多痛苦和冒险经历。叛贼或侵略者被正义而忠诚的将军镇压，将军与男主角相识。在故事的某个时间，男主角会进京赶考，他凭借优异的表现考取状元。这通常引发京城的高官（以丞相为典型）希望招赘男主角入府，男主角往往出于对女主角的忠诚拒绝招婿，引发高官的不满。[①] 高官为了报复而为难男主角，比如派遣他去做危险的苦差事。男主角展现出足智多谋、不屈不挠的品质克服困难，往往通过献计献策击退威胁社稷的叛军或侵略者而获得皇上的赏识。

同时，女主角巧妙地或无畏地挫败了想将她占为己有的粗鄙之人。她常常被逼迫而试图殉情，通常是投水而死，却意外被僧人、尼姑、神灵或有智慧的善人借助超自然的力量搭救。救命恩人使她能够开始一段新的、隐姓埋名的生活，不为她的家庭、迫害者和未婚夫所知。通常，

---

① 这类中重要的子类型是探索当已婚的男主角遗弃了原配，接受了新的同盟后会发生什么。比如南戏《张协状元》和高明《琵琶记》。

男主角和女主角都不知道对方依然活着，因此父母或代替父母的人逼他们成婚，双方直到最后才发现成婚的对象就是失散已久的未婚夫/妻。通过这样或那样的过程，男主角最终战胜了敌人和父母的反对，在赞许和欢喜中成婚。或者，在无法战胜世俗的困难的情况下，他们的灵魂会相会，在另一个世界相守，得到永久的祝福。

尽管传奇在时间上具有跨度，并包含很多组人物，但它通常并不会给人漫无边际或即兴创作的感觉；相反，大部分传奇在材料组织上完整地贯彻统一性和特定的模式，这点令人赞叹。传统的中国戏曲评论家（其中很多人自己也是剧作家）似乎在写作中更加关注唱词的技术细节，而胜过对戏剧结构整体上的问题的关注，这点有点令人惊讶。① 但是，统一性（unity）可能是超越理论的东西。不管受到本土或暂时的遮盖，还是经常被违背，统一性原则可以在任何艺术类别中彰显，因为它本身就是一个文体存在的前提条件。正如路易斯（C.S. Lewis）在《爱情寓言》（*Allegory of Love*）中所描述的：

> 主题统一（Unity of interest）并不是"古典的"；任何存在过或能存活于世的艺术对它都不陌生。多样性中的统一（unity in diversity）如果能实现的话，要排在纯粹的统一后面作为次佳的选择。这是所有人类作品的规范，不是古人规定的，而是意识本身的实质。如果批评流派或诗歌背弃了这个原则，这个原则将背弃他们。②

当然，围绕一个中心人物的凌乱冒险或两条及以上互不关联的叙事线索展开的传奇也不是没有，有时会被传统的批评家指责为"漫衍乏

---

① 在这点上，李渔恰好是最著名的例外，他在《闲情偶寄》最开头的章节便讨论了戏剧的结构。

② C.S. Lewis, *The Allegory of Love* (Oxford: Oxford University Press, 1936). p.141。

节"①，但这样的作品并不是这一文体在整体上的典型。代表性的传奇（被赞赏、被铭记和被阅读的）和其余大多数不太知名的作品都倾向于有意地布局结构：人物呈对称性相反，叙事的片段彼此平行，故事被巧妙安排，以便爱情场面和全员场面（ensemble scene）有节奏地交替，高潮被精心地准备和巧妙地拖延。故事通常是有来源的，而非臆造的，往往取自历史、传说、传记和散文小说，并经过充分的改编，提供该文体必要的场面，比如大团圆、武戏、插科打诨，特别是诗体唱段。

这些是传奇戏曲大致的特征。这就是李渔作品归属的传统，是整体的发展过程。但是，李渔一边努力改变这一文体的本质，一边同样努力地延续它。他在并不违背传奇填词谱曲的既定规范的同时，以理论书写为支撑表达了截然不同的认知，有意识并犀利地阐述传奇应该怎样写。因此要对他的作品进行公正的描述，则在重点和内容上一定与其所属文体的描述不同。

这种不同在技术上体现为在他的作品中叙事相比于曲词所占的主导地位。李渔是一位通过故事思考的作家，他通过事件的安排表达观点。在传奇戏曲中，叙事有着各种不同的文学功能，以下几点在李渔的作品中异常显著：

（1）它是惊喜和奇迹的来源。对李渔来说，戏曲的最基本要求是新奇。他认为为了实现艺术上的成功，传奇必须是关于之前的戏剧未曾碰触过的关目或关系。他在《闲情偶寄》中通过"传奇"的词源含义支持这一观点，传奇即"非奇不传"。

（2）它通过逻辑上的复杂性发挥推理能力的魅力。李渔的戏曲富有叙述的复杂性。

（3）它是抽象思考的目标，当从整体观察时，就像桥梁或大教堂一

---

① 吕天成《曲品》如是评论《昙花记》。见 Aoki Masaru, p.209。

样，在平衡性、精简性和完整性上令人愉悦。

（4）它是探索一个主题或智识问题的手段。情节的每次推进都将人物带入新鲜的情景，揭露逐渐发展的主旨问题的一个侧面，所以在一连串事件的最后，读者享受到的是思想的、情感的和审美的盛宴。

当然，传奇的叙事艺术并不是李渔创造的，但他将这种艺术的重要性和核心作用推到新的高度。上述提到的叙述功能在之前并没有得到全面发展，一直存在着潜在的可能性。传奇戏曲可被填补的空间是广阔的，它们需要叙事的加入。传奇标题中普遍存在以"记"结尾的现象，比如《琵琶记》《浣纱记》，"记"有"记录、历史、叙事"的含义，本身就暗示了"叙事"在这种文体中新的突出地位。简短的元杂剧可以以曲为基调，甚至可以用单一的场景贯穿四折半的戏；它可以简写成戏剧化的抒情诗。这对于传奇这样三十出以上的篇幅是不可能的。但即使在这种大幅度拉长了的文体中，中国戏曲继续表现出其典型的文化倾向，青睐静态结构（static）胜过动态结构（dynamic structure）。广阔的空间靠文本的反差来支撑，而不是悬念。悬念或迫切想知道接下来要发生什么的冲动绝不是这一文体的主要关注点，因为大部分故事都是人尽皆知的传统题材。即使在李渔这样有意回避传统故事的作家的作品中，悬念也不是叙事的重要特质。观众通常从开场就清楚地知道接下来要描绘什么；即便不那么清楚，他们的好奇心（至少在理论上）在第一场舞台经理唱的剧情梗概中就能立刻得到满足。他们并不参与体验台上虚构人物的希望与恐惧，而是欣赏熟知的角色精湛的表演。他们在剧情推进时想象人物的到来、离开或与邻人交谈，中间又被特别出色的唱段、插科打诨或武戏吸引而暂停下来聆听。

在传统的传奇戏曲中，上述提到的叙述特征（惊喜、复杂性、完整性和主题探索）似乎由唱词和叙事同等地实现。若是叙事材料十分有名，则不可以自由改动来例证某问题或发表观点；不管怎样，传统剧作家的主要兴趣是在其他地方。想象是流动的因素；叙事的意义被体现形式上的诗歌所控制。

在李渔的作品中，唱词不像大部分传奇那样作为观剧体验的核心。许多戏曲的故事情节是为了唱词而存在，包括一些最著名的戏曲也是如此，至少唱段是最令人记忆深刻的部分。当读者回想《牡丹亭》的时候，最先想到的可能是园林戏中感官的、迂回的诗歌。在那出戏中，诗歌所描绘的情景是简单的，本身并不戏剧化：闺房中的女子第一次见到大自然的美景而被唤起了情欲。是诗歌令人难以抵挡的力量和抒情性使这场戏令人印象深刻，而不是情景本身。

在李渔的传奇中，唱词是流畅的、愉悦的、聪明的和客观的；它们既不非常富有激情，也不特别雅致。对于他的作品，可以说诗歌是为了情景存在，而不是情景为诗歌存在。李渔的作品中，最核心的戏从来不是角色独唱抒情的一出，这样的时刻是过渡性的，而不是高潮。① 最核心的戏是戏剧冲突实际发生的一出，比如《风筝误》第十三出，庄重的理想主义者在约会时发现梦中情人是个浅陋的俗人而努力克制自己的惊讶和失望；或者《比目鱼》第十五出，年轻的伶人扮演传奇中的人物来斥责台下腰缠万贯的迫害者。在这几出戏中，社会准则和个人动机之间的冲突是无比复杂的。实际上，李渔在艺术上突出的东西与《牡丹亭》所例证的是相反的。他的诗是简单的，是为情景而设，而情景是复杂的。②

李渔对戏剧情景的热衷使他大量使用散文体作为戏剧的转换媒介。

① 比如《比目鱼》的第六出，谭楚玉表达加入戏班的为难之情的独白，以及《巧团圆》第六出，曹小姐决定给姚克承写书帕。

② 这体现了 Auden 所述的原始诗歌与现代诗歌的差别："原始诗歌以迂回的方式讲述简单的事情，而现代诗歌以直截了当的方式讲述复杂的事情。"见 W.H. Auden, "The Greeks and Us" in his Forewords and Afterwords [New York: Vintage Books, 1943], p.3–p.32. p.6。

在中国戏曲中，诗歌（主要指唱词）与散文（指白话说白的戏剧模仿）之间的反差比在英文中更大。诗歌体显得更加"诗化"——比英文诗歌更加华丽、有更多典故和修饰，而散文体相比于英文则更简单，更严格地限制在功能性和世俗化上。诗歌体与散文体之间的转换总是有着强烈的反差。在传统的传奇戏曲中，散文居于诗歌的从属位置（尽管没有元杂剧那样明显）；它的功能是为唱词提供介绍和转折，类似意大利歌剧的宣叙调。在李渔的戏曲中，散文体和唱词的关系几乎颠倒过来。散文体篇幅长，经过精心构思，旨在可以单独吸引注意力。而唱词的功能是总结和说明散文段落。它们用鲜亮的颜色和简略的提纲重述上一段散文表达的感受或情形，只是换改了腔调，文辞更加讲究。在李渔的作品中，诗歌更多地体现修辞的功能，胜过诗化的功能。它被用来使平淡无奇的感受在最大程度上变得华丽和夸张。"我决心拒绝一切劝我出山的邀请"的想法在唱词中变成了"我恨不得开山凿断终南径，借斧芟残召伯棠。"（终南是旧都长安附近山脉的名称，希望入朝做官的文人故意隐居在终南山。召伯是《诗经》中提到的传奇人物，他为官时深受人民爱戴，在他离任后，百姓爱护他曾经坐于树下的棠梨树，不让砍伐。）①

　　上述提到的倾向——对戏剧转换（dramatic interaction）的兴趣和将散文发展为戏剧媒介——促成了李渔作品的一个侧面，可以称之为"现实主义或经验主义"。他喜欢随性的和日常的事物，或更准确地说，在日常经验与传奇传统中理想的浪漫世界的碰撞中表现出的不一致。他喜欢破坏浪漫人物的体面，或者是在人物塑造中加入底层的或喜剧的特征，或通过把他们置于琐碎的纷争、嘲笑或算计的背景中，或让他们在迷乱的情景中暴露社会外在身份下的自然本性。因此，《巧团圆》的男主角有着儒雅的风范和壮志，却由布贩养大，必须亲自去做布匹生意，完成

---

　　① 这个例子取自《比目鱼》第二十五出慕容介的一段唱词。

这项能力测验才能讨老婆。① 《比目鱼》中的爱侣在乡村成亲，遭到许多粗鄙的戏弄（牧童绕着新郎跳舞，威胁如果不吃酒就用牙咬要害处）。② 《风筝误》中文雅有礼的女主角出场的背景是父亲的妻妾之间正发生粗鄙的口角。③ 在《闲情偶寄》中，李渔坚持认为戏曲应该关于日常现实：

> 凡作传奇，只当求于耳目之前，不当索诸闻见之外。无论词曲，古今文字皆然。凡说人情物理者，千古相传；凡涉荒唐怪异者，当日即朽。《五经》、《四书》、《左》、《国》、《史》、《汉》，以及唐宋诸大家，何一不说人情？何一不关物理？及今家传户颂，有怪其平易而废之者乎？《齐谐》，志怪之书也，当日仅存其名，后世未见其实。此非平易可久、怪诞不传之明验欤？④

李渔对现实主义的倾向体现在文学的哲学观、对话的把控和主题的选择上。但是，如果将李渔作品的全部特征想当然地归结为现实主义的审美，那就大错特错了。正如我们所观察的，传奇戏曲是一种在仪式性和抽象性上坚持完美的形式。从某些方面来说，李渔似乎加剧了而不是减弱了这种坚持。比如说，他作品的情节设置非常聪明，甚至为了表现而显得人为雕琢。与大部分传奇剧作家不同，他不是将现成的故事改编成戏曲，而是创造新故事。在讲述新故事时，他自由发挥的方式之一是在叙事上强化抽象设计的元素。他的故事追求完美的人为条件，要求在同一结构内的每个叙事段落要与另一个叙事段落平行或相反。李渔的叙述平行结构通常用来引出道德的或思辨的观点。比如，在《意中缘》中，男主角和友人分别娶歌姬为妾，因而可以展现两条不同的爱情之路。而

---

① 见《巧团圆》第四出。
② 见《比目鱼》第十九出。
③ 见《风筝误》第三出。
④ 李渔《闲情偶寄》之"戒荒唐"。

在一些例子中，叙述的平行结构只是为了取悦对雅致的完整性的喜好。比如，在《蜃中楼》中巧妙地融合了两则关于人与龙女恋爱的传统故事。这是现存李渔戏曲中唯一基于传统叙事素材的作品。在这个独特的例子中，李渔对素材的运用典型地体现了他的创造性感知力。李渔通过发展内部的平行结构使两个旧故事变得丰满。

李渔对形式的热爱不仅明显地体现在情节的安排上，也体现在故事的结构上，事实上，可以说在这个层面上尤为明显。仪式化的、类似机械化的布局构思似乎对李渔的想象力具有特殊的吸引力，他从来不会放过这类布局的机会，它们之于李渔就像反复出现的幽默性的动作或说法（comic tags）之于狄更斯，就像意蕴深长的不完全终止式（half-cadences with flourishes）之于莫扎特。如果表现某情景时清晰性和其他艺术价值发生冲突，他总是选择清晰性。这造就了李渔作品中特殊的力量和特定的限制。他将复杂混乱的情形变成有秩序的盛大演出，在《巧团圆》中，家财万贯、老来无子尹小楼不断地受到别人希望通过献子而继承家产的骚扰。为了在舞台上表现这一情景，李渔安排了一位亲戚、一位邻居分别带着儿子和家僮来到尹小楼家，他们提出过继自己的儿子，是以有秩序的、公式化的和极其对称的方式表现的。而之后两方之间生动的争吵则是相反的，表现出李渔文才中自然主义的一面。① 另一个例子是《风筝误》的第十八出"艰配"，韩琦仲得中状元后在都城中游览和品评美人，美人们现在都争先恐后地想嫁给他。媒婆先后带着四位女子立于楼上，韩琦仲逐一品评并拒绝。即便是宗教仪式也不会有如此整齐的阵势，这里的描写就像乔叟的"骑士的故事"中对马尔斯和维纳斯神庙的描写。

静态模式（static patterns）的使用契合了传奇戏曲的精神和方法论。仪式用来表现复杂的相互作用，就像舞台的空场用来表现漫长的旅途。

① 见《巧团圆》第五出。

李渔作品中对这种模式异常丰富的运用有一部分原因是出于他对相互关系而非情绪的痴迷；相比于大部分传奇剧作家，他的作品中仪式化的成分更多。这也是出于他本身的思维倾向：喜爱推理、痴迷于系统性和统筹安排。

同样的精神在散文对白段落的结构上也体现得非常明显。像萧伯纳笔下的人物一样，每当李渔戏曲中的人物有观点要表达或要为计谋辩护的时候，都会变身为有经验的辩论家。在这类的时刻，他们的对白是有计划性的，好像在心中有一个提纲一样。比如，在《比目鱼》第十四出开场，刘藐姑表明与谭楚玉私订终身的独白：

> 别的戏子怕的是上场，喜的是下场；上场要费力，下场好躲懒的缘故。我和他两个却与别人相反，喜的是上场，怕的是下场；下场就要避嫌疑，上场好做夫妻的缘故。一到登场的时节，他把我认作真妻子，我把他当了真丈夫；没有一句话儿不说得贴心刺骨。别人看了是戏文，我和他做的是实事。戏文当了实事做，又且乐此不疲，焉有不登峰造极之理？所以这玉笋班的名头，一日香似一日。①

另一个在李渔的对白中常用的技法是"引发的阐述"（elicited exposition），即一个人物试图猜测另一个人的想法。有时这种技法被用于拉长戏剧的讽刺状态，比如在《比目鱼》第十四出"利逼"中，女主角刘藐姑猜测抬给母亲的大皮箱中装了什么。而观众或读者都知道皮箱中装的是买刘藐姑的千金，她的母亲把她卖给了腰缠万贯的粗俗恶棍做小妾。更加典型的是，这个技法只是用来指出某人的计谋有多么英明或新奇。第一个人物以猜谜的方式抛出自己的想法，以便经过拖延和许多

---

① 见《比目鱼》第七出。（作者将此段译为英文——译者注）

错误的猜测后，最终以惊喜的方式揭晓答案。一个例子是《比目鱼》第二十二出"谲计"中山贼首领和军师之间的对话，通过提问引出的计谋是聘请替身假冒慕容介引诱官兵投降。

在接下来的四个章节中，我将详细分析李渔的四部戏曲（《比目鱼》《巧团圆》《风筝误》《奈何天》），进入李渔思想、经历和想象的世界。在这四部戏中，前两部更接近传统传奇戏曲的浪漫本质，后两部则例证了该文体完全变形为喜剧。不过，即使在前两部中，我们也会发现许多人物和态度符合喜剧的特征。

戏中戏：比目鱼

译文简介

本文选自沈静《十七世纪中国剧作家和文学游戏：汤显祖、梅鼎祚、吴炳、李渔和孔尚任》（Jing Shen. *Playwrights and Literary Games in Seventeenth-century China: Plays by Tang Xianzu, Mei Dingzuo, Wu Bing, Li Yu, and Kong Shangren.* Lanham, MD：Lexington Books, 2010）。该专著重点从互文性的角度分析了五位重要剧作家的传奇和其中的"文学游戏"，为英语世界的中国戏曲特别是传奇的研究提供了重要参考。本文译自第八章"戏中戏：比目鱼"（*Plays-Within-Plays: Bimuyu*）。

作者简介

沈静现任美国埃克德学院（Eckerd College）中国语言文学教授，2000 年毕业于华盛顿大学，师从著名汉学家何谷理，取得中文和比较文学博士学位。《十七世纪中国剧作家和文学游戏：汤显祖、梅鼎祚、吴炳、李渔和孔尚任》是其在博士论文"传奇中的文学运用"（*The Use of Literature in Chuanqi Drama*）的基础上，经过进一步思考与沉淀形成的。沈静和何谷理将全本《比目鱼》译入英文，初版于 2019 年由哥伦比亚大学出版社出版（*A Couple of Soles: a Comic Play from Seventeenth-Century China* by Li Yu, translated by Jing Shen and Robert E. Hegel, New

York, Columbia University Press,2019&2020），沈静在序言中梳理了李渔及其作品的情况。

戏中戏

传奇发展至清初已成果斐然，产生了很多剧目，在剧作家的方面对戏剧的可能性显示出更娴熟的技巧和反思的意识，这种自反性（self-reflexivity）的表现方法之一是将一部戏嵌入另一部戏中。内部的戏剧和外部的戏剧之间的相互关系体现了戏剧对其表现现实的功能的反思和为实现这种功能运用的戏剧手法（dramatic devices）。将之前的南戏和传奇剧目编排到新的情节中，这是清初戏剧家李渔（1611—1680）和孔尚任（1648—1718）分别在《比目鱼》和《桃花扇》中运用的技巧，表达了对传奇虚拟本质的态度和对传奇形式的理解。通过在自己的剧作中对前人的南戏和传奇进行阐释、再创造和编排，李渔和孔尚任表达了自己的想法，包括才子佳人传统模式的用处、戏剧技巧、以及文学品味的变化对戏剧再现的影响。

传奇在明清时期（late imperial periods）展现出不同的审美和意识形态原则。① 明代初期以《琵琶记》《荆钗记》为代表的戏曲传达了强烈的道德伦理教化②，这与明代统治者推行儒家伦理规范有关。③ 到了明代后

---

① 专著第三章讨论了传统批评中的这一观点。俞为民《明清传奇考论》认为理性是明初传奇的首要原则，爱情是明代中期流行的主题，历史性是明清过渡时期传奇的重要题材。

② 白之（Cyril Birch）在"早期传奇的悲剧和情节剧——《琵琶记》和《荆钗记》的比较"（"Tragedy and Melodrama in Early Ch'uan-ch'i plays：'Lute Song' and 'Thorn Hairpin' Compared"）一文中比较了《琵琶记》和《荆钗记》，认为《荆钗记》吸收了《琵琶记》的叙述模式和艺术表现。不同之处在于，《荆钗记》将借用的元素改造成为情节剧，成为之后的传奇主流的模式。

③ 明代建立在蒙古族统治的元代之后，最初面对薄弱的社会和经济基础。为了加强统治，朱元璋（1328—1398）需要建立政策改善混乱和凋敝的社会状况。由于自己出身低微，他并不信任精英阶层。朱元璋下令大量印刷他想要百姓阅读的书籍，包括儒家经典、道德宣教书籍和自己写作的书（后者是"必读"的）。参考 Timothy Brook's *The Confusions of Pleasure*, p.18–p.19, p.64–p.65.

期，爱情成为了传奇的中心情节和主题；此类戏剧通过加入和运用幻觉的手法表达主观感受和个人需求。①以高则诚为代表的早期明代文人将道德伦理价值视为南戏作为一种文体需要具备的主要品质并加以改革，他们将自己视为利用南戏启蒙大众的教育者。明代中期以后，文人剧作家创造并消费传奇用来自我娱乐和怡情。②《比目鱼》和《桃花扇》将明代戏曲置于作品中，反映了清初对传奇的看法。

比目鱼

关于李渔

李渔（1611—1680）是晚明时期希望通过科举取得功名的文人之一，但这种希望被朝代的更替打乱了。不过在此之前，李渔的科举之路已经遭受了阻碍。③李渔自幼聪颖，被寄予希望可以光耀门楣。1635 年，李渔参加童试，因熟识经典得到大力推荐，成为生员，不过在之后的乡试中屡次失利，没有得到更高的功名。清代以后，李渔没有再参加科举考试，而是成为了一名职业作家和出版家。但他始终无法完全抛弃对科举功名的追求，让自己的儿子参加科举体现了他对于与新系统合作的矛盾态度，事实上，尽管他决心不再参加科举，但并没有放弃对历史和政治的关注，并产出了对历史和政治富有洞见的作品，这些是士大夫关注的话题。

---

① 在 *Enchantment and Disenchantment* 一书中，李惠仪分析了张岱（1597—1679）对戏曲表演的记述并讨论了"晚明对幻觉的迷恋"。

② 笔者在这点上受到朱崇志《中国古代戏曲选本研究》的启发。朱崇志讨论了戏曲反映出"风化"和"娱情"的概念（p.113–p.120）。

③ 韩南认为李渔对科举的动机并不强烈，甚至在明朝覆灭后对放弃三心二意的科举之路感到侥幸。*The Invention of Li Yu*, p.9–p.10

　　李渔在散文中表达对时政和历史的看法[①]，但在戏剧中并不涉及，也许他认为这些不是适合于传奇的主题。即便在考察小说时，李渔也更偏爱历史主题。在明代的四部名著中，李渔将《三国演义》排在《水浒传》《西游记》和《金瓶梅》之前，因为前者基于历史事件，展现了英雄时代和建功立业的野心，更不用说宏大的叙事。[②]李渔为《三国演义》写了两篇序言，并出版了自己批阅的《李笠翁批阅三国志》，称其为"第一才子书"。[③]李渔生活在明清易代时期，但与同时代的其他剧作家不同的是，他并未写过一部历史政治剧来哀悼或反映明朝的灭亡。我们可能会将李渔戏剧中对政治的漠视看作"非感性"和"谨慎"的特征的例证，或如张春树和骆雪伦指出的，体现了李渔"重个人、轻朝代"的人道精神。[④]不过，他在文集中确实论述过"对朝代的忠诚"。[⑤]这说明他认为传奇主要应该描绘个人欲望和私人体验，而不是聚焦公共和国家问题。陆萼庭（Lu Eting）认为，正是这种对传奇的理解，造成李渔在戏曲论著中不曾提及苏州地区同时代的职业剧作家，这些人对舞台表演的理念事实上与李渔是一致的，但他们的剧作涉及意

---

　　① 韩南认为李渔在这些文章中表达了对历史事件不同于传统的解读。

　　② 李渔《随笔全集》，p.306-p.309

　　③ 李彩标《李渔与三国演义》，p.88-p.91. 见 David Rolston（陆大伟）著 *How to Read the Chinese Novel* (p.148-p.149,p.434,p.438-p.439)，关于李渔 1679 年序言提到毛评本，以及李渔在自己的批阅中借用毛评本并进行文字创新。陆大伟还注意到李渔与王仕云的关系，王仕云为《笠翁一家言》"论古"作序，也曾参与毛评本。（review of *The Invention of Li Yu*, p.62）。

　　④ Chang and Chang, *Crisis and Transformation in Seventeenth-Century China*,（p.197,p.222,p.327-p.328）. 李渔为发展自己的文学事业与士大夫交游。也许这些与官员的往来使他对朝代更替期间审查的敏感度比其他职业剧作家高。他的资助人张缙彦曾任明兵部尚书，投降李自成，后降清，任工部右侍郎，后被流放。张缙彦曾帮助李渔出版《无声戏》，并作了一篇引发歧义的序言。因为这些行动，张缙彦被指控煽动反清情绪。伊藤漱平（Itoh Sohei）认为由于意识到潜在的危险，李渔在新编合集中删去了有问题的故事和张缙彦的序言，尽管经济的因素也决定了新编合集的内容。（"Li Yu Xiqu xiaoshuo de chengli yu kanke," trans. Jiang Qunxing, p.353-p.355）更多关于张缙彦及其参与《无声戏》出版的情况见 Patrick Hanan, *The Invention of Li Yu* (p.21-p.23).

　　⑤ Chang and Chang, *Crisis and Transformation in Seventeenth-Century China*, p.222。

识形态和社会问题，而李渔反对将传奇用作讽刺，这点在本书第六章讨论过。①

李渔在南京写作《比目鱼》期间（1661年），曾与精英人士结交，包括高级官员和知名学者。这当然表明他通过赞助积累资本用来发展写作事业，同时也显示出他创作戏剧在很大程度上是面对文化程度高的观众②，尽管他表示将普通观众也纳入考虑范围。他的剧作（包括《比目鱼》）努力调和精英赞助人的品位和娱乐的商业需要。③李渔对自己的社会地位介于士大夫和平民之间是自知的。作为生员，他不能做官因而也不能提高政治地位。然而，另一方面，他避免了体力活儿，可以和士大夫进行社会和文学上的交流。作为"文人平民"，李渔属于身份具有不稳定性和可变性的阶层，既是文人，又是平民，职业包含了这两种社会群体的元素。④笔者对《比目鱼》的解读将展示李渔如何利用社会身份和实际行为的差异来制造喜剧故事，讽刺性地描绘了文人读书人对放弃文人身份的不安。李渔将柯丹邱的《荆钗记》融入《比目鱼》，利用大众对名与实的预想做文章。⑤

---

① 陆萼庭《昆曲演出史稿》，p.170–p.171。

② 根据单锦珩《李渔交游考》（《李渔全集》，第19卷，p.133）记录，八百位友人中约一半是各级官员，而且大部分是在任中；二百三十余人是进士出身。在 Crisis and Transformation 中，张春树基于李渔作品文献对相关的人做过数据分析，发现他身边有许多进士出身的人。同时，李渔与同他一样放弃科举之路的文人交游（p.78）。张春树认为，李渔的文学作品在明清时期有影响力的文人和官员中被广为接受（p.13）。

③ 在 "The Politics of Theatrical Mirth: *A Midsummer Night's Dream*. *A Mad World, My Masters, and Measure for Measure*"，Paul Yachnin 分析了四部文艺复兴时期的戏剧，强调"赞助人的理念"和"商业成功"之间的紧张关系，剧作家试图调和这种紧张关系以适应更多样化的观众（p.53）。

④ Chang and Chang, *Crisis and Transformation in Seventeenth-Century China*, p.129. 上述对于李渔思想和职业背景的评价主要基于该专著。

⑤ 王季烈在《螾庐曲谈》（第四卷）中认为《荆钗记》是明代早期皇家成员朱权所作，柯丹邱只是他的化名。王季烈认为《荆钗记》的广泛流传部分归功于皇室的作者（p.10）。但学界普遍认为《荆钗记》的作者是柯丹邱，是元代一位有才华的文人。现存的版本都是明代改本。

戏剧的道德功能

李渔在理论和实践上都喜欢翻改旧作，认为剧作家可以"变旧成新"。[①]《比目鱼》的艺术理念充分展示了他在这方面的实验。这种改写的冲动在第十出"改生"便开始显示出来：徒弟们在师父面前背诵脚本——《红拂记》《浣纱记》《金丸记》。这些曲词由外和丑扮演的不学无术的徒弟们唱出来，成为《比目鱼》中的滑稽情景，为《荆钗记》的再现做了铺垫。《比目鱼》对之前的剧作进行新的诠释和新奇的转折。在《比目鱼》中，《荆钗记》的搬演只出现在两回中，但李渔对《荆钗记》的戏仿（parody）贯穿了整部剧的情节和主题。在主题上，《荆钗记》宣扬遵从"忠、孝、贞"的道德伦理。统治阶层深知戏剧的力量，禁止演员在台上做出失德的表演，比如，明代皇帝颁布法令，限定演员只能"神仙道扮，及义夫节妇，孝子顺孙，劝人为善者"。[②]从这个角度，《荆钗记》可以被视为一部道德剧。尽管《比目鱼》借用了主要原则的措辞，表面上在赞扬相同的人物类型，但通过刻画不同社会阶层的人物并强调一些关系以淡化另一些关系，李渔微妙地改变了这些原则的内涵。

在《比目鱼》的收场诗中，李渔回应了清代对戏曲日益增强的道德审查，清楚地知道自己是一个职业剧作家："迩来节义颇荒唐，尽把宣淫罪戏场。思借戏场维节义，系铃人授解铃方。"17 世纪，戏曲被谴责为"宣淫"，伶人在父权系统中被边缘化。李渔戏谑地声称他通过刻画"义夫节妇"的形象用戏曲宣扬道德，明显意欲提高戏曲的重要性。这首诗表达了对戏曲讽刺的观点——被指责为"宣淫场所"的戏场同时也

---

① 李渔《闲情偶寄》中多处提到翻演和翻改旧作，这些章节的翻译见 Jing Shen, "Ethics and Theater: The Staging of Jingchai ji in *Bimuyu*," p.65–p.69。

② 赵景深《曲论初探》p.140。

是宣传和说教的手段。通过在《比目鱼》中加入南戏《荆钗记》，李渔利用戏曲作为工具来建立和重写道德标准。《比目鱼》围绕道德伦理准则和爱情关系，利用戏中戏表达了晚明的爱情观，并回应清初道德说教的意识形态。①

人物和脚色

笔者要讨论的第一个问题是对比《荆钗记》来剖析《比目鱼》的角色设置，作为后文考察搬演《荆钗记》的两出戏和论述《比目鱼》完整地模仿《荆钗记》的基础。两部戏都延续了南戏和传奇的才子佳人主题，中间穿插才子追求科举功名的情节。《荆钗记》中关于儒学和财富的价值冲突也出现在《比目鱼》中，体现在女主人公的婚姻选择上。忠贞的女儿和贪婪的母亲是戏剧冲突的主要来源，父亲没有足够的力量作为一家之主约束强势的妻子，两部戏都设置了一个有钱但无学识的恶棍与有学问的才子争夺女主角。相比于《荆钗记》，我们发现《比目鱼》的关系网中缺少一些东西——男主角的家庭情况，年轻才子谭楚玉再次印证了《紫钗记》和《玉合记》中孤儿男主人公的类型。相比之下，《荆钗记》中的母子关系参与了男主角王十朋的形象塑造，影响了才子佳人的关系。它的重要性通过剧名中的"荆钗"体现出来，作为唯一的聘礼和定情物由王十朋的母亲传给女主角。剧作最主要的意象属于王十朋的母亲，她成为了《荆钗记》中父权社会道德和义务的主要发言人。② 去掉了

---

① 在 The Ledgers of Merit and Demerit 中，Cynthia J. Brokaw 指出李渔通过讽刺的方法利用戏曲揭露道德伦理系统的盈利性。

② 在 "Seeking Women in Pre-Modern Chinese Texts: A Feminist Re-vision of Ming Drama (1368—1644)" 一文中，Hsien-kuan Ann-Marie Hsiung 讨论了明代戏曲中的母亲形象。根据她的分析，寡妇母亲通常扮演着儒家父权规范的倡导者的角色，教育儿子要在科举中求取功名、要为国奉献，明代戏曲包括《荆钗记》体现了这样的追求。她还认为寡妇母亲通过母子关系实现儒家价值，达到"自我实现"。根据她的结论，寡妇母亲并不代表"性别上的女人"，在明代戏曲中比不是寡妇的母亲或女儿的母亲有更强的道德力量，因为儿子的"寡妇母亲"成为了"男性家族的载体"和"儒家男性价值"的标志（p.46–p.67）。

这个形象，《比目鱼》改变了戏中戏的主题。

爱情女主角的社会身份是另一个重构。《荆钗记》中，钱玉莲是贡生的女儿，出身于名门世家。她可以被视为大家闺秀，尽管她的家庭社会和经济状况不算优越。她应该符合儒家妇女理想化的形象，尽管相比于明代中期戏曲中的爱情女主角，比如徐霖的《绣襦记》，她在语言上过于拘泥。[①]李渔刻画的刘藐姑——《比目鱼》的女主角——是一位伶人，父母也是伶人，而在表演《荆钗记》的时候重复着钱玉莲的道德说辞。[②]由于两位女主角社会身份的差异，使这些对白带上了讽刺的色彩。

在角色设置上第三个主要的改动是搭救女主角的官员的形象。在《荆钗记》中搭救女主角的官员钱载和并没有自己的故事；他的存在主要是为了才子佳人关系的发展——搭救钱玉莲，把钱玉莲带给王十朋。相反地，在《比目鱼》中搭救年轻夫妻的慕容介为才子佳人的舞台增添了不同的纬度。钱载和与慕容介都借助超自然力量搭救了殉情的年轻人，尽管两部戏中超自然的力量表现方法截然不同。当殉情发生时，钱载和正巧在赴任的路上，而慕容介刚从官位上卸任，在去归隐的路上。慕容介的故事影响了整部戏的主题建构，对该人物的进一步讨论是对戏中戏分析的一部分。

截至目前，我讨论的是模仿层面的人物。同时，李渔安排剧中人物在实际演出《荆钗记》之前，在戏剧层面讨论他们的脚色。"模仿层面"指的是人物表现得如同展现他们真实的身份，而非表演；"戏剧层面"指的是戏剧人物在剧中表演。谭楚玉在剧中对于人物和脚色的评论可以在"模仿"和"戏剧"两个层面比较人物的身份。

---

① 南戏学究气的趋势和《绣襦记》的风格，见 John Hu's "Ming Dynasty Drama" in Colin Mackerras, ed,. Chinese Theater: From Its Origins to the Present Day, p.68–p.69.

② 关于伶人的社会历史地位，见 Jing Shen, "Role Types in *The Paired Fish*", p.229–p.230.

谭楚玉是一位有才学的书生，有大好前程，由于恋上伶人刘藐姑，为了接近她而混入戏班，尽管他戴着书生的方巾保持文人的尊严。但他没想到的是，男演员和女演员在台下的关系与台上的亲密行为截然不同：在台下，男性和女性界限分明、规矩严格。谭楚玉入班做净，因此不能在台上与旦角藐姑谈情说爱。谭楚玉的穿戴俨然是生角，却扮演净角，在身份构建的戏剧手法上产生了喜剧效果。书生的身份仅仅依靠一条方巾维系，在真实社会如同在戏剧世界中一样都可以轻易发生变化。

谭楚玉在戏剧世界中需要扮演书生（的角色）来接近刘藐姑，通过角色的浪漫特征传情达意。换言之，他必须将他的脚色转变为"生"。凭借他是戏班里"唯一有才学的演员"这一优势，他以"不适合净角"为由威胁要离开戏班，从而间接地提出改换生角。在与班主谈判的过程中，谭楚玉描绘了不同行当的形象。他拒绝了其他的脚色——净、老旦、贴旦、外、末和小生，强调这些脚色与自己身份的距离：

> 学生是读书人，要去温习诗书，好图上进。这学戏的事，不是我做的！
>
> 我初来之意，只说做大净的，不是扮关云长，就是扮楚霸王，虽涂几笔脸，做到慷慨激烈之处，还不失英雄本色。谁想十本戏里面，止有一两本做君子，其余都是小人，一毫体面也没有，岂是人做的事？
>
> 把个须眉男子，扮做巾帼妇人，岂不失了丈夫之体？
>
> 把个青年后生，扮做白须老子，岂不销了英锐之气？
>
> 那戏文里面的小生，不是因人成事，就是助人成名，再不见他自立门户，也不像我做的。[①]

尽管谭楚玉没有直接言明想做正生，但这些评论暗示了只有正生

----

① 李渔《比目鱼》。

才符合他的身份——年轻男子有着英雄气概、远大志向和大好前程。①
不仅如此，他还表示文人须演文人戏，即才子佳人的故事，是传奇流行
的主题。谭楚玉无疑是希望通过上演爱情故事与刘藐姑建立爱情关系，
然而，他认为"自己应该扮演与本身气质和身份最接近的脚色"这一论
证模糊了模仿和戏剧层面的界限。他对于除了正生外其他脚色的描述表
明了戏剧模仿可能调和自身的性格。因此，人的属性是由外表和姿态
建构的。

为了改净为生，谭楚玉模糊了戏剧人物和演员内在身份的界限，但
这种论断实际上破坏了模仿层面的角色和戏剧层面的演员的真实性。②谭
楚玉是按照正生的脚色表演的人物，符合这里描述的特征，他在《比目
鱼》中的故事大体上复制了正生的模式，从与戏班主的谈判中可见这点。
他越强调自己适合正生，使自己接近脚色的模式，他越能成为脚色本身。
这里，李渔利用真实性和戏剧性的悖论，在自己的作品中用讽刺的方式
表现幻觉的制造。

比目鱼的意象

"比目鱼"和"荆钗"在训诂上的含义对分析戏中戏也非常重要。
《尔雅》对"比目鱼"的释义为："东方有比目鱼焉，不比不行，其名
谓之鲽。"③晋代郭璞（276—324）解释比目鱼并行是出于相互的需要，
因为比目鱼"只一眼，两片合乃得行"。④另外，《战国策》云："比目
之鱼不相得，则不能行，故古人称之，以其合两而如一也。"⑤在文中将

---

① 在《比目鱼》中，正生就是生，即男主角。
② 在 "Forms and Functions of the Play within a Play" 一文中，Dieter Mehl 认为序幕可以
通过展现演员在排练，突出戏剧的"虚构特征"（p.55）。《比目鱼》中对脚色的讨论也有
类似的目的。
③ 郭璞《尔雅注疏》，p.125。
④ 同上。
⑤ 高诱《战国策》，p.450。

这个比喻用作描述军事策略，即弱小的国家应该联合起来对抗强国，故比目鱼的意象仍然是强调"相互依赖与和谐协作"。这些解释强调了视觉对鱼的重要性，正如它的名字所暗示的，对我们理解《比目鱼》中对观众视觉的操纵有启发作用：（1）视觉决定运动；（2）视觉可以被监控；（3）视线有缺陷。

比目鱼成双成对，成为了古诗中爱情的象征，比如东晋杨方的《合欢》：

> 居愿接膝坐，行愿携手趋。
>
> 子静我不动，子游我不留。
>
> 齐彼同心鸟，譬此比目鱼。
>
> 情至断金石，胶漆未为牢。
>
> 但愿长无别，合形作一躯。
>
> 生为并身物，死为同棺灰。[1]

比目鱼的暗喻在文学中代表了不可分离、情欲缠绵的意象，对《比目鱼》至关重要。

比目鱼带有情欲的涵义与"荆钗"形成对比。根据《后汉书》，梁鸿是东汉早期的一位文人，品格高洁，在娶妻方面要求很高。孟光容貌欠佳，因仰慕梁鸿的品格而希望嫁给他。梁鸿闻而聘之。婚后七天梁鸿都没有搭理孟光，因为她打扮得光鲜亮丽。孟光改换成妇女干活的装束，荆钗布裙（在出嫁之前已经准备好），梁鸿才接受了她。他们过着自给自足的隐居生活，即使因政治流亡在别人家做杂役的时候，孟光也总是以礼侍奉丈夫。[2] 梁鸿和孟光代表着相互尊重、恩爱的夫妻。"荆钗"使人联想到

---

① 译文见 Anne Birrell, *New Songs form Jade Terrace*, p.96–p.97。
② 范晔《后汉书》，p.2765–p.2768。

的是简朴但道德崇高的婚姻，这样的含义贯穿了《荆钗记》。如上文所述，相比之下，"比目鱼"在文学上暗示着激情之爱，而非道德伦理，尽管两者都是爱的象征。"比目鱼"和"荆钗"在象征含义上的差异形成了一种讽刺的阐释。

谋划殉情

《比目鱼》对《荆钗记》的搬演分别在第十五出刘藐姑扮演钱玉莲当众殉情和第二十出谭楚玉让刘藐姑母亲扮演王十朋，刘母悔不当初。[①] "这个故事是关于表演的，它有两个非常精彩的戏剧性时刻，对称地分布：女主角跳下舞台投江，和她的母亲在同一个舞台表演同一部戏时崩溃，"韩南这样评价。[②] 由于《比目鱼》第十四出"利逼"明显模仿了《荆钗记》第二十四出"大逼"，而且第二十四出有一首曲出现在《比目鱼》中，因此，我对戏中戏的分析从比较两出"威逼利诱"的情节开始。

《荆钗记》第二十四出显示了迫使钱玉莲殉情的直接因素。不同于明代中期和晚期的许多传奇，《荆钗记》并没有描绘婚前的浪漫故事。这对新人在婚前没有任何有意或无意的接触，而是在家族长辈的安排下直接成婚，接下来的戏剧冲突既包括两位年轻人，又包括两边的家庭成员，都将"道德"作为重要的因素。冲突自王十朋的家书而起，家书的内容被富豪恶棍孙汝权偷偷篡改，谎称王十朋休妻重婚相府。钱玉莲依然相信丈夫的忠诚，断定王十朋是贤良儒士，必定汲取了道德伦理价值。而她的继母最初就因为孙家的财富更偏爱孙汝权，现在逼迫女儿改嫁。

---

① 李渔白话小说"谭楚玉戏里传情，刘藐姑曲终死节"，后改编成《比目鱼》。小说中也有《荆钗记》的表演，但呈现方式不同。关于二者的对比，见 Jing Shen, "Ethics and Theater"（p.86–p.87）。

② Hanan, *The Invention of Li Yu*, p.89. 韩南对同题材的小说做出该评价，同样适用于戏曲。

钱玉莲拒绝当摇钱树，并用儒家根本的信条支持自己的抉择——"忠臣不事二君，烈女不更二夫"。[1] 她用下面的曲词表达内心的痛苦，在《比目鱼》第十五出"偕亡"中，刘藐姑也唱了这段曲词：

> 心痛苦，难分诉。丈夫。一从往帝都，终朝望你谐夫妇。谁想今朝，拆散中途，我母亲信谗言，将奴误。娘啊，你一心贪恋，贪恋他豪富，把礼义纲常全然不顾。[2]

钱玉莲违背继母、选择殉情，不仅是为了表达对爱的忠贞，还强调对道德伦理的坚守。

《荆钗记》多次用对君主的忠诚类比对一家之主的忠心，钱玉莲拒绝改嫁孙汝权也是以此为自己抗争。皇权的威严在许多剧作中都有所体现，但与其他明代中期和晚期的剧作不同的是，《荆钗记》中就统治权威展开严肃的对话，第四出"堂试"和第十七出"春科"详细描述了乡试和殿试中的题目和对答，围绕英明睿智之统治的问题，将"忠"和"孝"联系起来。在这点上，王十朋的母亲是重要的发言人。王十朋想去应考又担心无法对母亲尽孝，在他犹豫不决的时候，她引用《孝经》来调和"忠与孝"之间的矛盾："始于事亲，终于事君，君亲一体。"[3] "孝"也体现在钱玉莲的行动上，当她决定殉情不辱没丈夫的清名时，她担心婆婆无人依靠，这个层面在《比目鱼》的殉情场景中是不存在的。

在《比目鱼》中，刘藐姑殉情是对母亲逼她嫁给富豪钱万贯做出的

---

① 柯丹邱《荆钗记》，p.78。
② 同上，p.78。
③ 同上，p.13。

反抗，体现了她对爱的献身，而不是出于封建父权的贞洁观念①，因为她还没有正式嫁给谭楚玉，而拒绝嫁给父母为她指配的人家。有趣的是，刘藐姑利用戏曲使她和谭楚玉的关系合法化，将为爱殉情说成与钱玉莲相似的对道德伦理的坚守。她强调自己与谭楚玉在台上表演的夫妻是真实的，基于父母同意谭楚玉做正生与自己演夫妻的事实，以观众作为婚姻的见证人。通过刘藐姑的论争，李渔要展现戏剧可利用的力量，而不仅仅是作为幻觉与现实的模糊交界，因为在第十四出中刘藐姑和其他的伶人们曾频繁地表达对舞台制造幻觉的意识。谭楚玉间接地表示要改换正生的时候，刘藐姑的父亲提醒他舞台上非浪漫化的现实：众脚色里面惟有生旦最苦，因为上场时间多、唱词多。对刘藐姑的父亲来说，谈情说爱的表演是角色安排和所投入工作时间的产物，运用的是技巧，而非个人感情。其他演员把表演当作工作，比起台上受累更喜欢在台下清闲，刘藐姑利用这种情况，通过与谭楚玉合演的角色表达彼此情投意合。尽管如此，她也明白基于对舞台的传统理解，"戏场上的夫妻，究竟当不得实事"。②他们终究需要父母在台下认可他们的爱情。

　　道德准则成了刘藐姑向母亲证明爱情合理性的武器。根据她的论争，婚姻不能做戏，把戏场上的婚姻当真是对名节的保全。她强调"万目同睟"证婚姻，将戏曲的观众作为自己与谭楚玉的婚姻的见证人。因此，舞台为刘藐姑提供了双刃剑：一方面，舞台的虚幻让她可以安全地与谭楚玉传情达意；另一方面，她利用舞台的公众性来证明婚姻的真实性。

---

　　① 尽管《比目鱼》写于清初，它与晚明戏剧的关联体现在对情欲的宣扬，从女诗人王端淑为《比目鱼》题写的序言可见一斑："有万物然后有男女，此有天地来第一义也。君臣朋友，从夫妇中以续以似。笠翁以忠臣信友之志，寄之男女夫妇之间，而更以贞夫烈妇之思，寄之优伶杂伎之流，称名也……情之至即性之至，藐姑生长于伶人，楚玉不羞为鄙事，不过男女私情，然情至而性见，造夫妇之端，定朋友之交。"李渔《比目鱼》，p.107. 根据王端淑对该剧的解读，男女之间的"情之至"是伦理关系的基础。

　　② 李渔《比目鱼》，p.150。

通过操纵舞台概念，刘藐姑成为钱玉莲的戏仿（parody）。这在女主角准备殉情时凸显。两位女性都十分注重名节。《荆钗记》第二十六出"投江"，也就是刘藐姑在《比目鱼》中搬演的片段，钱玉莲述说决心殉情的缘由："一怕损夫之行，二恐误妾之名，三虑玷辱宗风，四恐乖违妇道。"① 这些顾虑都出于道德伦理约束下名节的重要性，而不是出于爱情。头戴原配之荆钗，钱玉莲抱石投江。正如亨利 (Eric Henry) 指出的，钱玉莲的殉情为后世戏曲表现女主角忠贞提供了创作灵感。②

然而，在《比目鱼》中，刘藐姑对殉情的首要顾虑是"她的死不被公众所知"。她利用舞台将自己为捍卫纲常而殉情公之于众：③

> 做烈妇的人，既然拼着一条性命，就该对了众人，把不肯改节的心事，明明白白诉说一番，一来使情人见了，也好当面招魂；二来使文人、墨士闻之，也好做几首诗文，图个不朽，为什么死得不明不白，做起哑节妇来？④

这段话清晰地显示出节妇需要公众对其忠贞的认可，这使观众的参与具有必要性。刘藐姑希望借助文人墨士留下芳名，讽刺地凸显了文学在公众道德建构方面的作用；在这点上，《比目鱼》也发挥了作用，因为它在戏剧层面描绘了通过文学手段证明的贞洁。

为了提高当众殉情的意义，刘藐姑称自己的行为可以"把纲常拯

---

① 柯丹邱《荆钗记》p.81。

② Henry，Chinese Amusement, p.41。

③ Susan Mann 在 Precious Records 中指出，年轻女子追随丈夫殉情的行为在明代被视为义行，这种对"贞烈妇的追捧"（widow chastity cult）在清代初期却被打上了问号，因为在明清易代时期，这种汉族女子对忠贞的表达方式被拿来与男子忠于晚明的自我牺牲作比较（p.23 - p.25）。

④ 李渔《比目鱼》，p.153。

救"，这是钱玉莲为自己的抉择辩护的道德武器。① 刘藐姑的这番道德的宣称歪曲了正统观念——她与谭楚玉既无媒人又没有得到父母的同意。此外，她身为伶人却自视为父权制度维护者更增加了讽刺的意味，因为伶人处于父权社会的边缘，从道义上讲不适合宣扬伦理准则。李渔对这种社会现实的故意忽视可以从两方面理解：第一，如《比目鱼》收场诗暗示的，李渔赋予伶人道德上的权威性，以此来反对戏场在大众眼中的负面形象。在抬高伶人的职业身份的同时，这部戏提醒我们戏剧的双重作用——既是构建和传播说教故事的工具，又是破坏封建父权价值规范的场所。刘藐姑借用《荆钗记》中钱玉莲的道德力量来为自己的抉择辩护，体现了戏剧在道德说教功能上同时具有权威性和争议性。这里，通过戏剧技巧，一部戏借用另一部戏来证实自身的道德权威性，从而戏剧就形成了自我参考性（self-referential）的对话。

第二，李渔不能完全忽视传奇的文学传统——爱情女主角要具有"淑女"的身份。他创作《比目鱼》的确是希望拓宽传奇的范围，这种意图在开场中表明："此剧不同他剧，生为情种，且作贞妻，代我辈梨园生色。"②

在李渔的时代，戏曲很少以伶人作为主要角色，《比目鱼》在这方面是一种创新。③ 但它在形象塑造上仍然加入了传统的品质，刘藐姑的语言风格类似大家闺秀，与普通的伶人做以区分。特别是，刘藐姑在戏班长大，初次登场时还不曾学戏，只学习文辞翰墨。她以自己的出身为耻，认为演戏不是体面的妇人做的事。然而，她不得不按照父母的期望做伶人，但只学习表现忠孝的戏以保持名节。这些特征使她在谭楚玉眼中虽

---

① 同上，p.153。
② 同上，P.111。
③ 专著第二章和第三章提到，传奇的男女主角基本都属于士绅阶层。

然出身低微，但依然可以作为贤良的妻子。

刘藐姑延续了传奇中佳人的传统价值观：看重士大夫、轻视富豪。正如钱玉莲委身王十朋、拒婚孙汝权。刘藐姑和钱玉莲都相信饱读圣贤书的男子拥有飞黄腾达的前程。书生形象的刻画揭示了李渔在性别观上保守的一面，尽管在现实生活中他对文学女性显示出莫大的信任。[①] 刘藐姑和谭楚玉的确在特定时间都身为伶人，偏离了传奇的主流，但刘藐姑的出身是伶人，而谭楚玉原本是名门之后，成为伶人只是追求爱情的权宜之计，身份的临时变化仅仅通过服装的更换来展现，只是表面的现象。用这种方式，谭楚玉依然因循了其他传奇中男主角"儒生"的原本身份。女主角的社会地位可以改变，但男主角的身份必须保持在文人阶层，说明《比目鱼》对传奇文学传统的颠覆并没有触及男性人物的社会阶层。

然而，李渔在表现人物采取传统意义上的道德行为时带有一丝讽刺的语调。比如，刘藐姑在谋划殉情场景的独白中显示出对戏剧效果的关注：

> 我们这段姻缘，是在戏场上做起的，既在场上成亲，就该在场上死节，那晏公的庙宇，恰好对着大溪，后半个戏台虽在岸上，前半个却在水里。不如拣一出死节的戏，认真做将起来；做到其间，忽然跳下水去，岂不是从古及今，烈妇死节之中第一桩奇事！[②]

刘藐姑在心中的筹划，实际上将有着抒情感染力的为贞洁而死变成

---

① 李渔与当时有才学的、有名的女子交游，邀请她们参与戏剧创作。女诗人黄媛介为李渔的《命中缘》作序和评。他还邀请女诗人王端淑为《比目鱼》作序。张春树和骆雪伦在 *Crisis and Transformation* 中指出为他人题写序言是一种荣誉，通常只邀请格外有才学的长辈或上级领导。

② 李渔《比目鱼》，p.153。

了一场舞台设计并通过散文体表达出来。她试图在殉情的表现力上超过前人，这也暗示了剧作家对于新奇的渴望。

上演殉情

第十五出展现了刘藐姑如何通过扮演钱玉莲将殉情付诸行动的过程，但她在一开始并没有向谭楚玉、富豪钱万贯和其他演员透露自己的真实意愿。这场戏在结构和主题上被认为是"其余各出戏都为此而设的一出戏"。[1] 这出最开头的舞台指示指明在主舞台上再搭一个小舞台，扮作观众的人物看戏，在视觉上呈现"戏中戏"。详细的舞台指示是这部戏比较突出的风格，除了被用作舞台指导，还应该与正文一起阅读。[2] 我们看到群众演员围绕着小戏台，对刘藐姑的表演作出反馈。

谭楚玉发现眼睛是有欺诈性的：眼睛既是戏剧的重要载体，也是隐藏真相的感觉器官——这部戏重复出现的主题。谭楚玉和刘藐姑眉目传情，向彼此传达隐藏于台词中的个人感情，但在刘藐姑被迫嫁给钱万贯时，谭楚玉没有在她的脸上看到任何伤感的神情。当刘藐姑叫谭楚玉用心看她表演《荆钗记》时，他回答自己眼瞎看不见，否认了眼睛作为他们沟通媒介的事实。《比目鱼》的读者知道谭楚玉这时的观察是不准确的，不过，肯定了谭楚玉认为"人的眼睛是不可靠的"这一观点。

钱万贯也用眼睛作为重要的工具来满足自己的欲望，但它们见证的只是其本人的尴尬。在第十五出中，他上台不仅作为群众演员，还在

---

[1] Henry *Chinese Amusement*, p.41。

[2] 在 "The Play within a Play: An Elizabethan Dramatic Device" 一文中，Arthur Brown 认为剧作家表现戏剧是戏剧的事实，并不会消除观众的幻觉，而是可以加剧对现实的幻想。据他所说，当一些演员扮演观众，扮演观众的演员诱导剧场的观众相信"他们看的不是戏剧，而是与真实生活更加贴近的东西"，因此，他认为戏中戏"通过更多的幻觉制造更多的真实感"（p.48）。Brown 还讨论了伊丽莎白一世时代的戏剧使用"戏中戏"的几个目的：调查犯罪、实施报复、欺骗、讽刺或纯粹娱乐。

台上的其他演员面前装模作样，因为他以为大家是来庆祝自己占有刘藐姑①，用他的话说，即"万目同睇妒好缘"。颇具讽刺的是，刘藐姑也曾用过"万目同睇"来证实观众们认可了她与谭楚玉是天配的鸾凤。②《比目鱼》的演员人物往往会塑造和控制观众人物的视角。戏中戏为他们提供了一个争夺"观众的目光"的场景。③对刘藐姑和钱万贯来说，观众的参与可能使戏剧事件转变为现实，然而他们公之于众的婚姻是相互冲突的。当钱万贯观看台上的《荆钗记》时，他并没有觉察自己也被卷入戏中，成为刘藐姑谴责的角色孙汝权。相反，他欣赏着刘藐姑对原故事标新立异的改动，还大声叫好。在这点上，他相信戏剧性，根本没有想到自己与"孙汝权"这个角色的联系。很明显，钱万贯将扮演者刘藐姑与所演的角色钱玉莲区分开来；他与刘藐姑只在模仿层面有着个人联系，所以能够欣赏她的表演。刘藐姑正是利用了在模仿层面的身份和戏剧层面的角色之间的模糊界限，在钱万贯不知情的情况下谴责他，并表达对谭楚玉忠贞的爱情。

刘藐姑的表演从《荆钗记》第二十六出的第一段唱词开始，她称之为"抱石投江"：

> 遭折挫，受禁持，不由人不泪垂，无由洗恨，无由远耻，事到临危，拼死在黄泉作怨鬼。④

① 在"Forms and Functions of the Play within a Play"一文中，Dieter Mehl 讨论 *The Duchess of Malfi*，认为一些人物展现演员的特征，成为别人观察的对象（p.60）。钱万贯希望为《比目鱼》中的观众显示出"表演的特质"。

② 李渔《比目鱼》，p.156。

③ Barbara Freedman，"Dis/Figuring Power: Censorship and Representation in *A Midsummer Night's Dream*"，p.180–p.187. 根据她对《仲夏夜之梦》的分析，Freedman 认为在伊丽莎白一世时代的戏剧中，"对含义的控制"是"通过对视觉的操控实现的"。展现比他人强大的力量是通过"批准和监控"他人的看法。

④ 李渔《比目鱼》，p.156。

我们知道这首曲准确地表达了刘藐姑的情绪，但剧中的观众自然地把它当作她所扮演的钱玉莲的唱词。刘藐姑唱的第二首曲是上文引用过的《荆钗记》第二十四出的唱段，这首曲是一段内心独白，表达了钱玉莲对破碎婚姻的伤感之情，当刘藐姑唱的时候，舞台指示显示是向谭楚玉直接诉说。我们看到她的表演对谭楚玉产生的影响，当他终于理解她扮演的双重角色后，也跟着痛哭起来。

尽管钱万贯是刘藐姑谴责的对象，但他一直都蒙在鼓里。尽管他是刘藐姑谴责的对象。为了加剧刘藐姑和钱万贯之间富有戏剧性的交流，李渔利用了钱玉莲投江抱的石块。石头的意象在文学中象征着女子以死以证清白。① 在《比目鱼》中，石头作为道具成为了钱万贯的替代物，使他并不清楚骂的是自己。刘藐姑准备抱石投江，突然停下来，想要发泄心中的愤怒。她把石头比作恶棍孙汝权，开始指着钱万贯骂道："待我把这江边的顽石，权当了他，指他一指，直骂到顽石点头的时节，我方才住口。"② 钱万贯被关于石头的戏剧创新吸引了，并没有意识到在类比自己，还为骂顽石叫好。这使刘藐姑表演的《荆钗记》更加戏剧化，但减弱了原意象的诗意化和浪漫的弦外之音。刘藐姑的谴责加剧了这种戏剧效果，她用辛辣粗俗的语言来加以谴责。李渔通过重写这一抒情意象，再现了对于文学传统的创造性。

刘藐姑唱完最后一支曲，也就是《荆钗记》第二十六出钱玉莲投江前所唱的曲，便投入江中："伤风化，乱纲常，萱亲逼嫁富家郎。若把

---

① 春秋时期，伍子胥逃离楚国，在去吴国的路上，他看到一位女子在河边浣纱，又饿又累的伍子胥向她乞讨食物，女子知情后施舍给他食物。伍子胥反复请求女子向楚国追兵保密，为了令他安心和证明清白，女子抱石投江。这个故事在文学和戏曲中被再创造，比如唐代的"伍子胥变文"，吴昌龄的"浣纱女抱石投江"，李寿卿的元杂剧"伍员吹箫"，明代余邵鱼的小说《周朝秘史》第七十回。《荆钗记》钱玉莲殉情也提到了这个典故。柯丹邱，p.81，p.93，p.134.

② 李渔《比目鱼》，p.156。

身名辱污了，不如一命丧长江！"①

但是除了谭楚玉，观众们都以看戏的心态欣赏她的表演，看到她真的投了江都震惊了。对他们来说，刘藐姑从舞台跳入江中的时刻是从幻觉到现实的过渡，来得突兀又令人困惑。他们以为最后跳江的动作一定是"误伤"。②自然，谭楚玉站了出来，向观众阐明刘藐姑的意图。她对模仿层面的身份和戏剧层面的角色的微妙操控使我们想起了谭楚玉之前对各个脚色的论说。

刘藐姑在台上殉情的原因之一是使谭楚玉见证自己投江，然后当面招魂。然而，谭楚玉随即投入江中，既震惊了台上的观众，又震惊了李渔戏曲的读者。当时，在文学和历史中的烈妇都是在女子追随丈夫而殉情。李渔颠倒了这种性别化的忠贞，让男子追随女子而殉情以证明自己的忠诚，体现了李渔试图超越前人描绘的感人爱情。

刘藐姑捐躯守节，谭楚玉追随妻子殉情，为助风化、维纲常。然而，他的殉情逃避了父权制度下的主要义务。在《荆钗记》中，王十朋不能任凭自己沉浸在悲伤之中，因为还要身兼公务和孝敬母亲。哪怕对"死去"的钱玉莲保持忠诚而拒绝再婚、收养养子以续香火都遭遇责难。与钱载和同年应举的退休官员邓谦欲替王十朋与钱载和的养女做媒，王十朋以"为钱玉莲死节"而决心做鳏夫。邓谦认为螟蛉之子无法祭祀先祖，而祭祀是"孝"的重要内容。③邓谦质疑王十朋绝香火而冒渎对儒家的信仰，王十朋则分说妻子守节先亡，自己不忍辜负再娶，也表明了忠贞信仰。在这点上，王十朋使个人情感服从公共道德，来调和个人对感情的

---

① 同上，p.157。
② 同上，p.157。
③ 钱载和误以为王十朋病故，劝说钱玉莲再婚，担心她日后无人依靠。换言之，婚姻对妇女来讲不仅事关忠贞，还是养儿防老。钱玉莲不愿改节，希望收养一子为终身后嗣，而不改嫁他人，这在封建道德中是可以接受的。

忠诚和传宗接代之间的矛盾。当然，个人情感和孝道之间的冲突最后随着王十朋和钱玉莲的重逢而化解，王十朋的母亲和亡父也受到朝廷旌表。《荆钗记》中有所争议的儒家准则最终得到肯定。相比之下，李渔没有制造谭楚玉殉情与孝道伦理之间的冲突，尽管他从头至尾都借用传统道德的说教，其孤儿的身份模糊了个人选择与孝道之间的冲突。比起过渡阶段的早期南戏，《比目鱼》更类似于晚明的才子佳人传奇。《琵琶记》《荆钗记》这类的戏曲强调的是道德，而非激情，赵景深认为这显露了它们与民间文学的关系。①

谭楚玉追随刘藐姑殉情的义气行为主要是为了震惊观众，而不是向儒家伦理准则提问。"殉情"这一场结尾处的唱词点明了"戏剧性"对殉情刻画的重要性：

把义夫节妇，奇迹昭宣，戏文当做真情演，投江委实把躯捐。这本《荆钗》、后来更传。②

这首曲清楚地表达了李渔在戏剧表现上试图超越《荆钗记》的意图，及对应用元戏剧技法（meta-theatrical device）的得意之情。

殉情的收场

殉情的收场更加让观众见识了李渔的戏剧创造力。《荆钗记》中捞救的过程简略而直白：钱载和在神的启示下命家仆在船上等待救人，舞台指示说钱玉莲投江后，家仆立刻捞救。《比目鱼》将神的启示扩充为一场河神搭救眷侣的充满戏剧张力的戏。这个片段最具有视觉冲击力的是一对爱侣幻化为一对比目鱼，扣题"比目鱼"的剧名。河神发现两具抱在一起的尸骸，决定把他们变作一对比目鱼并送给隐居当樵夫的慕容

---

① 赵景深《曲论初探》，p.128。
② 李渔《比目鱼》，p.158。

介。第十六出"神护"描绘了两具分不开的身子幻化为比目鱼的过程：扮演谭楚玉和刘藐姑的演员搂抱卧地，然后生、旦暗下，一人扮比目鱼暗上，入队同行。

第十八出"回生"：

（内鸣金、擂鼓，虾、螺、蟹、鳖各执旗帜，暗放比目鱼入罾，旋舞一回即下）（末上）捕鱼学会便贪酒，世上渔翁即醉翁。去了这一会，定有几个在里面了，待我扳将起来。（做扳罾扳不动介）呀！为什么这等沉重？家婆快来。（丑）酒后兴儿正浓，闻呼不肯装聋；去到溪边作乐，画一幅山水春宫。你为何叫我，莫非酒性发么？（末）不要多讲，快来帮我起罾。（同起罾，见鱼喜介）（末）妙！妙！妙！罾着这个大鱼，竟有担把多重。和你抬他上岸，看是个什么鱼？（抬上岸，看介）原来是一对比目鱼。（丑）嘻！两个并在一处，正好干那把戏，你看头儿同摇，尾儿同摆，在人面前卖弄风流。叫奴家看了，好不眼热也呵！

【惜奴娇】眼热难堪，妒雌雄凸凹，巧合机关。我看他不得，偏要拆他开来。（做用力拆不开介）呀！难道你终朝相并，竟没有片刻孤单？（指鱼对末介）没用的王八，你看看样子！羞颜，谁似你合被同衾相河汉，还要避欢娱故意把身儿翻。（末）这一种鱼也是难得见面的，我和你把蓑衣盖了，去请老爷、夫人同出来看一看。（脱蓑盖介）（合）见面难，好把奇形遮护，莫令摧残！

（同下）（内鸣金、擂鼓，虾、螺、蟹、鳖复执旗帜，引生、旦上，换去前鱼，仍用蓑衣盖好，旋舞一回即下）（小生、老旦、末、丑同上）（小生、老旦）在那里？（末、丑）在这里。（取去蓑衣见生、旦，大惊退介）呀！明明一对比目鱼，怎么变成两个尸首？又是一男一女搂在一处的，竟要吓死我也！（小生、老旦）怎么有这等奇事？①

---

① 李渔《比目鱼》，p.168-p.169。（作者在原文中将此段完整地译入英文——译者注）

这种幻化使谭楚玉和刘藐姑在殉情后在形象上更凸显情欲，而非道德，渔夫妻子的评论更具讽刺性地凸显了这对眷侣的本意和殉情后的场景之间的差异。在渔夫妻子看来，这个场景完全是情欲的，而且，她粗俗的言语有悖于刘藐姑和谭楚玉所期望的高尚贞操。他们在醒来后，自己也不记得为什么先后投江却被发现抱在一起。剧作家显然对制造一个奇幻场景乐在其中，利用这些场景来探讨忠贞的道德价值是次要的。

为了进一步消解他们高雅的语言特征，李渔为刘藐姑和谭楚玉安排了一场乡间婚礼。来到婚礼现场的宾客全部是樵夫、渔夫、老圃、农夫，所带的贺礼都很质朴。婚礼的礼节简单粗陋，新人被以粗俗的方式戏弄，与大部分传奇中描绘的典雅的庆祝场面截然不同。亨利（Eric Henry）指出，李渔"喜欢破坏男女主人公的高贵性"，将他们置于粗俗的情景中。[1] 刘藐姑和谭楚玉之前沿用传奇传统中的爱情语言在台上传情，而现在他们成为合法夫妻的浪漫仪式在台上变成了滑稽而粗鄙的乡村婚礼，由慕容介主婚："你们在戏台上面终日做亲，都是些陈规旧套。"[2] 通过优雅和村野的对比，李渔展现了破除传奇成规的创新。

"文章变，耳目新，要窃附雅人高韵，怕的是剿袭从来旧套文！"[3] 婚礼场面的收场曲清晰地陈述了村野描写背后求新的动机。尽管《比目鱼》主要认同的是贵族阶级的特权，但它有时会将人物置于滑稽可笑的场景中。商业需求使李渔妥协了对精英观众的一部分忠诚。[4]

---

[1] Henry, *Chinese Amusement,* p.15.

[2] 李渔《比目鱼》，p.175。

[3] 同上，p.175–p.176。

[4] 根据 Paul Yachnin 的 "The Politics of Theatrical Mirth"，戏剧对欢笑的商业运用可以缓解赞助人和商业化之间的冲突。他认为《仲夏夜之梦》通过加入商业化的声音但保持"高雅的"（gentrified）上下文，迎合了不同的社会群体（p.55–p.56）。Yachnin 对于文艺复兴戏剧的看法适用于《比目鱼》。

《比目鱼》虽然对才子佳人式婚礼进行了革新，但在总体上仍然因循着美满姻缘与功名相伴的惯例。在这点上，《比目鱼》将模仿层面的科举与戏剧层面的区分开来，显然为了突出谭楚玉在台下的学识。婚礼过后，慕容介便催促谭楚玉去应试，而不应该满足于戏场上的"乌纱帽"。通过官服的指代，慕容介提醒谭楚玉戏剧制造的幻觉，好像在说他们在主戏中戴的乌纱帽是"真的"。然而，谭楚玉之前对脚色的论说含蓄地瓦解了角色的真实性，包括自己的角色。慕容介强调戏中戏里面官职的戏剧性，不可避免地影射了主戏中仕途成功的虚幻性。毕竟，官员是由地位低下是伶人扮演的，这也从谭楚玉和刘藐姑对身为伶人的不安中体现出来。低微的伶人通过服装扮演官员，模糊了阶级的差异；戏剧性因此成为破坏社会阶级稳定性的潜在因素："服装作为被高度制约的符号系统，成为改变社会秩序的首要手段。"① 通过操纵服装，李渔发现了充分展现讽刺才能的机会。为了讽刺谭楚玉取得的功名也是戏剧幻想，李渔让谭楚玉在描述（相对来说）模仿层面的功名时，使用与戏剧层面相同的语言，甚至是在试图区分二者时。

"昔日蓝袍挂体，只图片刻舒眉。如今才演终身戏，开场便是荣归！"② 对谭楚玉来说，在台上取得功名和台下的差别在于后者的持续性。

然而，慕容介的故事证明，模仿层面的仕途也不长久。相似地，《比目鱼》表现慕容介的身份转换只是通过改换服装。慕容介和妻子成为樵夫只是脱下官服，换上普通人的衣服。慕容介甚至为自己的"乌纱帽"

---

① Jean Howard, "Crossdressing, the Theater, and Gender Struggle in Early Modern England", p.422. 在这篇文章中，Howard 考察了英格兰早期对于服装的社会规范，和文艺复兴戏剧中对规范的违反。

② 李渔《比目鱼》，p.183。

做了一篇祭词，标志着告别仕途，认为这样的殊荣"有名无实"。① 通过强调服装是社会阶级的标志，《比目鱼》暗示了社会身份划分的戏剧性和易变性。

重写"祭江"

李渔进一步展现了利用戏剧技巧（theatrical devices）塑造命运和身份的控制力，他让谭楚玉扮演导演的角色来安排其他人物。《比目鱼》第二十八出搬演《荆钗记》第三十五出"时祀"，即"王十朋祭江"。由于与刘藐姑的关系因戏而起，谭楚玉在取得功名和官职后希望在戏里达到完满，但这次他们不是自己演，而是找戏班来演。谭楚玉找到祭晏公的戏班恰好是刘藐姑的母亲刘绛仙的。在得知刘绛仙演的是正生后，谭楚玉故意挑选了《荆钗记》中王十朋江边祭奠钱玉莲的戏。刘绛仙以为谭楚玉和刘藐姑死了，并不知道点这出戏背后的缘由。通过考察《比目鱼》对这出戏的改编，我们可以发现谭楚玉如何置换了性别和伦理关系来伸张正义和实现团圆。

《荆钗记》有两出祭奠钱玉莲的戏，第三十出"祭江"出场的只有王十朋的母亲，悼念钱玉莲的孝顺和贞洁。② 在第三十五出"祭江"，也就是《比目鱼》搬演的那出中，王十朋到江边祭奠钱玉莲，他的母亲也一同前往。③ 但是，王十朋的母亲并没有出现在《比目鱼》的"祭

① 李渔《比目鱼》，p.146. Eric Henry 在 "Chinese Amusement" 中指出，外表与现实的反差是《比目鱼》的核心主题。

② 在地方戏中，王十朋母亲的形象进一步丰富了。比如青阳腔的"十朋母官亭遇雪"详细描绘了母亲在去京城看望儿子的路上的艰难。母子情的再现一定程度上深深吸引了地方戏的观众。见赵景深《曲论初谈》p.138-p.139."尧天乐"，王秋桂编《善本戏曲丛刊》第一部分，p.93-p.104.

③ 这个场景是很受欢迎的精彩片段，在笔者查阅的资料中，祭奠钱玉莲的场景中，王十朋的母亲都在场。母亲的角色由老旦扮演，见《醉怡情》《怡春锦》《审音鉴古录》《歌林拾翠》《缀白裘》；母亲的角色由贴扮演，见《摘锦奇音》《词林一枝》《时调青昆》《千家合锦》。下列选集只包括第三十五出的部分曲词，《纳书楹曲谱》《词林逸响》《吴歈萃雅》《珊珊集》。这些合集见《善本戏曲丛刊》。

江"中；显然，李渔只聚焦在这对情人的关系上，并不想强调孝道的问题。

但这样的改动也许有一部分原因是出于"戏中戏"舞台的限制——只能容纳一位演员。[①] 在《比目鱼》中，后台有人禀报王十朋的母亲也要来上祭，但是正生回答母亲年事高经不起悲伤，还请在后台稍坐。通过这个理由，使小舞台上只保留一位演员。

然而，让刘绛仙扮演王十朋违背了正统的伦理等级。正生在小舞台上下跪，拜祭妻子。谭楚玉实际上是通过戏剧人物让刘绛仙表示对女儿的尊重。他特意挑选这出戏唤起刘绛仙对刘藐姑殉情的回忆，让她表现出悔意，为刘藐姑和自己通过上演《荆钗记》殉情来反抗刘绛仙的故事画上句号。

谭楚玉这样的设计与原故事中王十朋解决与岳母的矛盾的方式是相反的。在《荆钗记》中，纵使王十朋以为钱玉莲殉情而死，他在做官后依然邀请岳父母同住，履行孝道。他的岳母接受邀请，通过在王家面前卑微的姿态表达忏悔。谭楚玉做官后，他们也提出要赡养父母，但他要先让刘绛仙在不知情的情况下在观众面前低头。谭楚玉的计划更多是希望有一个戏剧化的结局，而不是对岳母怀恨在心。不过，通过他的艺术设计，刘绛仙成了刘藐姑的平辈，以丈夫的名义祭奠刘藐姑。因此，两种人物关系在戏中戏里冲突了——夫妻关系和母女关系——但戏剧的虚幻本质使谭楚玉免于混淆伦理等级。

为了通过戏剧人物充分表现刘绛仙对失去女儿的悲伤，《比目鱼》第二十八出加入了五首"祭江"中王十朋的曲词。这些曲词重诉故事情

---

① 秦淮醉侯的评语显示"戏中戏"的舞台不足三分之二米，因此《比目鱼》需要削减戏中戏的演员。（李渔《比目鱼》，p.193），在《明清传奇史》中，郭英德认为作评人"秦淮醉侯"是杜濬（p.342）。

节，向钱玉莲的魂魄诉说自己不知情，并表达对她的思念。刘绛仙通过扮演王十朋捍卫了钱玉莲和王十朋的爱情，也可以延伸为刘藐姑和谭楚玉的爱情。因此，刘绛仙通过戏剧人物表达对拆散眷侣的忏悔。

刘绛仙很难完全忘记自己的身份去扮演王十朋，因为自己对刘藐姑演出《荆钗记》时殉情一事是负有责任的，谭楚玉用这个困难的角色难为她。最开始，她还能从自己的真实身份中跳脱，扮演儿子和丈夫的角色，但在演到最后一段唱词时再也演不下去了，当场崩溃，为刘藐姑的死伤心落泪。刘绛仙情绪崩溃后，刘藐姑也不能自已，打破了两个层面的界限与刘绛仙相认，刘绛仙见到他们非常诧异。这种团圆的戏剧效果正是谭楚玉作为戏中戏的实际导演所期待的。从这点来看，在表演后与刘绛仙团聚才"做得有波澜，不然就直截无味了"。[①] 这里，谭楚玉所指的是李渔《闲情偶寄》中的"团圆之趣"。[②] 在故事结尾时制造出乎意料的矛盾可以吊住观众的胃口，从而加强团圆的结局带给角色和观众的快乐。《比目鱼》对《荆钗记》的创造性利用展现了传奇自我更新的能力，这点是李渔在戏剧评论中非常重视的。

尽管谭楚玉担当了戏中戏的导演来安排其他的人物和他们的命运，但李渔并没有给他真正的作者话语权，并用其他的角色来制衡他的力量，揭露出他的英武是受慕容介的点拨。跟王十朋一样，谭楚玉也镇压强盗，在军事上和政务上取得成就，但王十朋取得成就是为了证明他的才华和领导能力，而谭楚玉则是依靠慕容介的帮助才功成名就。在这个意义上，谭楚玉是在不知情的情况下听命于慕容介。在传奇的传统套路中，担任男主角的正生往往智勇双全，在战场和官场上建功立业。一方面，谭楚玉的仕途因循了这个套路；另一方面，李渔削弱了谭楚玉的英雄主义，

---

① 李渔《比目鱼》，p.193。
② 李渔《闲情偶寄》，p.69。

将他的成功归功于慕容介的远见。谭楚玉恰好在慕容介以前管辖的地方任职，慕容介将自己行政管理和镇压山贼的经验制成册子，但因为不想暴露自己之前的身份而假借晏公之名，将册子放入谭楚玉的行囊中。谭楚玉发现册子后当真以为是晏公在上次殉情搭救后再次显灵，感觉自己好像是上天选定的人。在册子的帮助下，他剿匪立下大功。

　　谭楚玉之前在与刘藐姑父亲谈判时曾表达过对"正生"的理解，而这种脱离传统的偏差是对谭楚玉的嘲讽。谭楚玉认为正生的脚色比小生最适合自己，因为小生不是因人成事，就是助人成名，他认为自己可以依靠自己的能力和努力成就事业。① 谭楚玉将自己与正生脚色的平行比较似乎预示着他在《比目鱼》中的未来发展，但他的发展与自我形象相矛盾，也偏离了读者由他对正生的定义引发的期待。是慕容介这个小生的角色将自己的智慧和经验传授给谭楚玉；谭楚玉依靠慕容介实现抱负。通过这种方式，李渔讽刺了男主角的自以为是，表达了对于脚色类型的建构的讽刺性反思。通过违背正生的传统套路，剧作家强调了角色的独创性和个性化，并不是脚色类型的简单复制。

　　谭楚玉并不知道册子的真正来源，直到他错抓慕容介作为投降山贼的叛徒。山贼雇了一个貌似慕容介的人以假乱真来陷害真正的慕容介。慕容介形象的可复制性同样减弱了慕容介在剧中角色的真实性。亨利（Eric Henry）的观点是正确的，慕容介很大程度上代表了剧作家的声音②，但笔者认为，剧作家是为了削弱慕容介评判其他角色的独立性，所以通过双重形象来控制他的命运。慕容介此时的遭遇再次肯定了"眼睛"作为《比目鱼》的重要主题是具有欺骗性的，这也可以视为李渔对戏剧性的看法。

---

① 关于小生脚色的演变，见 Jing Shen, "Role Types in The Paired Fish", p.228。
② Henry, *Chinese Amusement*, p.50。

小结

《比目鱼》充分显示了李渔渴望利用戏剧性的神奇来塑造和改变角色，说明社会身份的戏剧性。这部戏是关于身份的可变性的，每一位主演都充分利用再现（re-presentation）的手段经历了角色的转换。[①] 参演戏中戏的角色扮演着其他的戏剧人物，与模仿层面的社会身份和性别截然不同。刘绛仙扮演了《荆钗记》中的男性角色；刘藐姑身为伶人，在台上扮演名门闺秀，之后在台下与谭楚玉成亲成为贵夫人；慕容介是刘藐姑和谭楚玉的贵人，使人联想到《荆钗记》中的钱载和，在卸任后乔装渔夫。变化最大的是谭楚玉：他从文人变为伶人，然后改净为生，违反了通常"改生为净"的惯例，之后又离开戏班，取得功名，晋升为社会精英。这种转换以谭楚玉和刘藐姑变身为比目鱼为高峰。根据夏皮罗（Michael Shapiro）的观点，从戏剧的角度来说，身份的多重性和各个层次之间的转换使角色更具神秘的吸引力。[②] 此外，观众被置于角色的多层次之间，将注意力从一个层次快速切换到另一个层次，更容易忽略演员身份之间的区别，混淆模仿层面和戏剧层面的角色。结果，舞台与生活的距离连同戏与戏中戏之间的距离模糊了。自相矛盾的是，《比目鱼》似乎对戏剧的虚构性保持开放态度，尽量减少制造幻觉的可能，但实际上，它转移了观众对戏剧虚拟本质的关注。

此外，李渔利用演员作为社会边缘阶级在身份上的灵活性，充分尝试变革传奇的惯例。他充分调动演员身份的不确定性来尝试出新，将情节推动至社会道德的边界。在《比目鱼》中，伶人成为传奇的主演，李

---

① 在 "Social Text, Royal Measure: Donne, Jonson, and *Measure for Measure*" 一文中，Jonathan Goldberg 分析了詹姆斯一世政治和文艺复兴文学中"再现"的作用，认为 *Measure for Measure* 是"一部关于代替、替换——因而再现的戏剧"。根据他的看法，"再现"也揭露了剧作家的渴望。从这点上，笔者发现这部文艺复兴戏剧和《比目鱼》的平行类比。

② Michael Shapiro, *Gender in Play on the Shakespearean Stage: Boy Heroines and Female Page*, p.62.

渔确实有意提高伶人的道德形象，但伶人也赋予了他更多的自由去尝试爱情故事的新想法，因为伶人的行为没有严格的社会规范。一个明显的例子体现为刘藐姑的特征描写。作为伶人，她可以做出不适合于寻常大家闺秀的举动，比如拥抱溺水的情人、举办村俗的婚礼。[①] 这种雅与俗、礼与欲之间的反差是李渔对传奇的传统模式创造性的革新。除了刘藐姑，刘绛仙也是一个重要的例子，表现得有悖于伦理关系的准则。鉴于伶人的身份，她当众被女婿为难和羞辱似乎显得情有可原。《比目鱼》聚焦于伶人，李渔因此可以提高伶人的地位，同时获得了对传奇进行革新，又不严重违背伦理规范的自由。

最后，身份的不稳定性暗示了命运的反复无常，特别是在公共领域。在最后一场"骇聚"中，李渔将官场比作戏场，质疑其持久性，通过慕容介评论生角与其他脚色的关系，以及官场的灰暗面：

> 凡人处得意之境，就要想到失意之时。譬如戏场上面，没有敲不歇的锣鼓，没有穿不尽的衣冠；有生、旦，就有净、丑；有热闹，就有凄凉。净、丑就是生、旦的对头，凄凉就是热闹的结果。仕途上最多净、丑，宦海中易得凄凉。通达事理之人，须要在热闹场中，收锣罢鼓；不可到凄凉境上，解带除冠。[②]

官场与戏场的类比清晰地表达了社会地位是由变化的角色决定的，宦海是反复无常之地。从戏看人生不仅传达了对名利的哲学思考，还是对传奇的传统结局的反思——和平和繁荣的虚幻图景。许多南戏和传奇都以朝廷旌表和取得功名为结局，包括《荆钗记》《紫钗记》《玉合记》

---

① 秦淮醉侯评论，如果刘藐姑是大家闺秀，举办闹剧一样的婚礼是有失体面的。但"因是女旦，不妨大肆诙谐"。李渔《比目鱼》，p.175。

② 李渔《比目鱼》，p.210。

《绿牡丹》，就连侠客和道士都得到了封号。然而，李渔在《比目鱼》中对大团圆的喜悦保持清醒，以抽离的眼光看待人生。在结尾处，谭楚玉被慕容介关于"宦海无常"的一席高见惊醒，打算过归隐生活。因此，故事以对隐居的向往结束。

为盈利而演出：从李渔改编话本为传奇看职业作家的兴起

* 译自 Lenore J. Szekely: Playing for Profit: Tracing the Emergence of Authorship through Li Yu's (1611—1680) Adaptations of his Huaben Stories into Chuanqi Drama[D]. The University of Michigan, 2010

作者简介

Lenore Szekely 自本科阶段开始对中国文学产生浓厚兴趣，在美国俄勒冈大学取得中国文学方向的艺术学士和硕士学位，并于 2010 年在美国密西根大学亚洲语言文化系取得博士学位，博士论文题目为《为盈利而演出：通过李渔话本改编传奇考察职业作家身份的兴起》。Lenore Szekely 现任加拿大温尼伯大学 (University of Winnipeg) 副教授，研究兴趣为中国文学与文化、小说和戏曲、文体改编、性别研究、戏剧表演。

论文简介

《为盈利而演出：从李渔改编话本为传奇看职业作家的兴起》探讨了文学和戏曲传统对塑造 17 世纪中国文学消费模式所起的作用，以及消费模式的演变如何反之影响作家的构思和创作。本译文选取论文的第一章，作为总论性质的章节较为全面地展现全文的主要观点，提纲挈领地点出其余各章的分论点。在接下来的四章中，作者从不同的角度详细论述了"丑郎君"到《奈何天》、"谭楚玉戏里传情"到《比目鱼》、"寡妇设计赘新郎"到《凰求凤》、《生我楼》到《巧团圆》的文体改编。（论文作者多采用文内夹注的注释方式，完整文献放在原论文的参考文献中。译者尊重原文故保留"文内夹注"方式，对完整文献出处有兴趣的读者可自行检索原版论文，节录便不再添加，特此说明）

李渔：善用不同文体的营销才子

17 世纪的中国见证了前所未有的文化商品化。① 本文主要探讨李渔（1611—1680）从话本到传奇② 的改编过程如何对当时文学作品商品化的潮流做出回应。李渔著述丰富，《李渔全集》收录了其十部传奇、话本、短文和诗歌。本研究主要聚焦四部话本和由话本改编的传奇，由此可以很好地判断李渔对待这两种不同文体的策略。作者将会展现李渔的话本如何应对晚明时期（1550—1644）层次更加多样的读者群体，其中不仅包括传统文人，还有渴望跻身精英文化的商人阶级。在话本中，李渔通

---

① 关于早期中国文化的商品化，参考 Clunas, *Superfluous and Empire*, and Brook.

② "Chuanqi"并不是固定译法。Chuanqi（传奇）通常篇幅较长，由三十至五十五出组成，角色丰富，主题通常为才子佳人，主线和副线同时发展，在结尾时惩凶除恶、好人好报，以大团圆结局。曲是传奇的一大亮点，各个角色都可以唱，但生和旦的唱词最多。传奇吸收了昆山唱腔，在明代广为流行。传奇注重场面的多样性，文场、武场和滑稽场面相结合。本文在考察李渔话本改编传奇时主要将传奇作为文本进行考察。从演出角度的考察仅限于李渔为传奇预设了比话本更广泛的观众群体。除了传奇预设的非读者群体和李渔家庭戏班的有限讨论之外，本文不涉及演出部分。

过自己的文学才能迎合这些特定的读者，让他们通过消费享受为他们打造的文学空间。李渔的戏曲则迎合了更加广泛、中性的观众群体，无论什么样的观众都有机会欣赏他的文学才能，相比于话本排他性更弱。李渔对于话本和戏曲受众的不同侧重并非偶然。写作是他的主要收入来源，直接形式是书本和文化产品的销售收入，间接形式是获得赞助人的资助。若非针对出版和文学消费做出某些重要改变，这在当时是不可能实现的，而这些改变回避了保守主义者们所担忧的潜在社会问题，使得文学作品的流通和传播相对更加顺畅，也使得李渔保持控制力并从文学活动中盈利。本文的主要任务之一是阐释当时文学的经济环境如何深刻地影响了李渔的作品。

李渔在西方甚至在中国都算不上最知名的文人[①]，但目前已有四部英文专著[②]，多部欧洲语言的著作[③]，以及大量的中文研究成果。本研究的目的不是推翻前人的研究，而是在其基础上继续深入，从文学市场的角度考察李渔的文学作品，以及李渔和同时代文人对于市场环境的反应。[④] 简言之，本文要追溯文化产品的商品化及其流通对李渔从话本到传奇的类别改编的重要影响因素。通过考察李渔对文学市场的考量

[①] 李渔昆曲《怜香伴》于 2010 年在北京演出，或许使这一情况开始改变。

[②] 英文专著有：Hanan, Patrick. *The Invention of Li Yu*, Cambridge Mass.: Harvard Univ. Pr., 1988; Chang Chun-shu and Shelley Hsueh-lun Chang. *Crisis and Transformation in Seventeenth-Century China: Society, Culture, and Modernity in Li Yu's World*, Ann Arbor: Univ. of Michigan Press, 1992; Mao Nathan K. and Liu Ts'un-yan. *Li Yu*. Boston: Twayne Pub., 1977; Eric P. Henry. *Chinese Amusement: The Lively Plays of Li Yu*. Hamden Conn.: Archon Books, 1980

[③] 欧洲语言著作包括：Li, Yu, ;Jacques Dars. *Les Carnets Secrets De Li Yu: Au Gré D'humeurs Oisives*. Éditions Philippe Piquier, 2014.; Pohl, Stephan. *Das Lautlose Theater des Li Yu (um 1655): Eine Novellensammlung der Frühen Qing-Zeit*. Walldorf-Hessen: Verlag für Orientkunde Dr. H. Vorndran, 1994.

[④] 学者们大多关注李渔的职业作家和企业家身份（参考 Hanan, Invention; Chang and Chang; Mao and Liu; Shen, Grant Guangren. *Elite Theater in the Ming, 1368-1644*. New York, NY: Routledge, 2005,但尚无从文学市场角度探析李渔小说与戏曲的系统性研究。

如何内化到文化产品中，我们可以更全面认识 17 世纪的文学经济，从而不仅提升对文学作品本身的鉴赏力，而且能更好地理解宏观的文化趋势。

李渔出生于明代（1368—1644），但主要著述都写于清代（1644—1911）。他经历了晚明印刷业的蓬勃发展，推动各种小说、戏曲作品得以大量生产和消费，这种趋势从晚明一直延续至清初。[①] 在竞争激烈的文学市场上，由知名文人题写或作评的作品可以增加销量，并且常常被盗版，有的商业出版商剽窃竞争对手出版的作品然后冠以新的书名出版。李渔对于"作者"的"权威性"（authority）危机做出回应，声明是所著作品的"作者"，自诩为"热销书作者"和独特的才子，读者可以通过购买并阅读他的作品了解其人。由此，李渔占有了一部分市场份额，向读者销售文学并演绎作家人格（authorial persona）。[②]

晚明时期，中国开始禁止部分小说，被禁毁的通俗文学被贴上了"淫"（放纵，过多）的标签。尽管"淫"在大多数情况下与"性"相关联，然而晚明时期对于文学过度繁荣的忧虑不仅来自其内容，也来自于更大规模的流通。也就是说，书籍不受控制的流通产生了"淫"文学，而"淫"文学反过来又助推了书籍的大量流通。对于过多和不受控制的流通的忧虑造就了晚明时期的文学经济。此外，流通和控制之间的紧张关系既创造了这些书籍作为实物的价值，也塑造了文学再现的涵义结构。

---

① 本文并非试图描绘中国印刷史或书文化史，该主题的英文书籍包括 Brokaw, *Commerce*; Brokaw and Chow, *Printing*; Chia; and McDermott.

② 此处"persona"并不是指李渔在文学和生活中只有一种角色。李渔是一个表演者，因此有很多角色，不愿意被束缚。此处"authorial persona"指的是李渔作为职业作家的一系列特定的策略，也就是说，作者相信对作家身份的考量是李渔塑造自我形象的一个主题。尽管张春树和韩南在专著中试图从不同的角度解读李渔，Robert Hegel 在对前者的评论中曾有一段精彩的讨论，表达了李渔的不可捉摸。(Hegel p.180–p.182)

印刷业的繁荣同时带来了对于未经审查的流通以及道德和文化败坏的担忧，表现为对白话文学的管控。白话小说在 16 至 17 世纪特别是晚明时期不被接受，笔者可以猜想当时的作者尤其是那些以匿名保护自己的作者挑战道德与庸俗的边界，而他们面对的是两股相等但相反的力量，即对市面上允许的加以控制以免变得猥亵。基斯·麦克马洪（Keith McMahon）这样描述 17 世纪白话小说的两面性：

这些作家的批判性力量在创作多产期达到高峰，时间大约在十七世纪二十至三十年代。至此时，小说在细节的锐利度上达到了新的高度，并且自十六世纪以《金瓶梅》为代表的作品为开端，在淫秽和情色方面发展出尽可能多的可能性。同时，这些小说承载着说教功能，宣扬节制和模范的行为、惩戒纵欲者。文中对细节的尽述与说教主题的笼统套路形成鲜明的对比。这种在一部小说中体现两面性的能力——几乎是一种手段——代表晚明小说普遍的争议性。简言之，它的叙述介于正统礼教和非正统的文学样式之间，小说朝着后者的方向发展。小说作者既是道德说教者又是骗子。他们在讲故事时通过描述细节和淫秽尽量活色生香，然后在结尾回归道德说教者模式。他们反复地在正确性和平衡性之间徘徊，令正统的道德宣教者尴尬。（McMahon，p.1-p.2）

这段讨论没有提到文学市场对这种现象的影响。如果我们将对文学的限制视为对快速扩张且监管不力的文学市场的一种反应，就会发现晚明印刷业的蓬勃发展是不可或缺的因素，导致清代对"性"相关内容的严格限制。

原始版本的出版

在进一步讨论文学市场如何影响了李渔的作品之前，我们暂且简要回顾原始版本（primary sources）的出版历史。① 之所以说简要，不是因为这方面的内容不具有高度相关性，只是因为我们对李渔小说和戏曲的实际流通情况知道的相对较少。韩南（Patrick Hanan）称李渔是"当时最畅销的作者"，但却找不到能具体佐证的信息。（Hanan, The *Invention of Li Yu* p.1）我们可以通过话本小说集的连续出版在一定程度上推测其受欢迎程度，传奇作品的情况稍逊。另外还可以找到许多线索，比如李渔斥责自己的作品一经出版即遭盗版（单锦珩，《李渔年谱》，p.42），以及他曾感叹传奇《凰求凤》刚脱稿不久即传至数千里之外的平阳搬演（单锦珩，《李渔年谱》，p.49）。但是，我们无法知悉李渔作品的具体出版数量，也不知道其中到底都有多少在市场上售出、有多少由朋友和赞助人购入。

想了解李渔话本故事集出版的具体数量可能比想象中更加困难。李渔的第一部小说集《无声戏》② 包含十二个话本故事，出版于 1656 年，当时李渔住在杭州（单锦珩，《李渔年谱》，p.28）。这部小说集出版后，《无声戏二集》很快推出，出版时间是 1657 年（单锦珩，《李渔年谱》，p.30）。《无声戏二集》已佚，其中至少包含六个故事。两部合集相继出版的速度显示了初集的受欢迎程度。二集中现存的六个故事被收入之后的合集《连城璧》，故事选自初集和二集。③

无疑是由于初集和二集受到欢迎，李渔让自己的友人——诗人杜濬（1611—1687）编辑了另一部合集，以《无声戏合集》为名于 1658 年出版（单锦珩，《李渔年谱》，p.32）。新的合集包括十二个故事，其中七个选自初集，五个选自二集（Hanan,*Invention*，p.22；萧欣桥，p.1）。

① 关于李渔作品的出版历史，更多信息见韩南《创造李渔》，p.15–30。
② 翻译取自韩南译《无声戏》，包含五个初集中的故事和一个续集中的故事。
③ 英译名 "Priceless Jade"，取自韩南的翻译，参考韩南《创造李渔》，p.23。

旧的雕版被用于新的印刷，不过原本精心编排的故事被打乱了次序，也没有考虑到原有故事中对其他故事的提及是否依然适用。这种匆忙草率似乎显示了此次出版的目的是为了快速赚取利润。在这个略显粗糙的版本中，杜濬称呼作者为"笠翁"，并将这些故事与李渔个人联系起来（Hanan, *Invention*, p.22）。《连城璧》也是由杜濬编辑，稍晚出版，包含十八个故事，其中十二个故事组成了"连城璧全集"，另外六个故事组成了"连城璧外编"。[①] 李渔的最后一部话本故事集是最有名的《十二楼》[②]，每个故事都以楼冠名或有多故事的结构。它还以另一名字《觉世名言》[③] 于 1658 年出版（单锦珩，《李渔年谱》，p.32）。

李渔的十部传奇先是单独发行，而后结集为《笠翁传奇十种》，现存最早的版本是康熙年间（1662—1722）由南京冀圣堂发行的（Hanan, *Invention*, p.220—p.274; 萧欣桥, p.1）。对于李渔来说，传奇作品的出版可能排在次要位置，排在首位的是为家班提供演出用的脚本（萧欣桥,1）。他的一些传奇作品可能在出版之前已经在舞台上和 / 或以脚本的形式流通，而且有的可能从未出版而已经佚失（Hanan,*Invention*, p.20; 萧欣桥, p.1）。

现在我们要着重探讨原始文本，以现存的文本来看，李渔将自己创作的五部话本改编成了四部传奇。第一部是出版于 1657 年的《奈何天》[④]（单锦珩，《李渔年谱》，p.30），改编自《无声戏》（初集）的第一

---

① 关于《无声戏》和《连城璧》出版历史的详细情况，参考 Hanan, *Invention* 和 Ito, "Ri Gyo no shôsetsu".
② 英译名 Twelve Towers，取自韩南的翻译，见 Hanan, *Invention,* p.23。
③ 英译名 Famous Words to Awaken the World，取自韩南的翻译，见 Hanan, *Invention,* p.17。
④ 韩南译为"You Can't Do Anything About Fate"，见 Hanan, *Invention* p.23; Henry 译为"What Can You Do?"，见 Henry xiii.

个故事"丑郎君怕娇偏得艳"。① 在《无声戏》的目次中，该故事的标题后即注明"此回有传奇即出"（李渔，"无声戏目次"，p.3）。同样在该目次中，第二个故事"美男子避惑反生疑"②和最后一个故事"妻妾抱琵琶梅香守节"均预告"此回有传奇嗣出"（李渔，"无声戏目次"，p.3）。我们可以推断，《无声戏》于 1656 年出版时（单锦珩，《李渔年谱》，p.28），《奈何天》已经创作完毕或接近完毕。在这三个预告的改编传奇中，只有第一个《奈何天》现存，李渔可能并没有完成"美男子"和"妻妾抱琵琶"的改编，或已佚失。在本讨论中我们关注的是李渔对作品的宣传，他希望自己小说的读者能够成为回头客，在传奇发行时再次购买。

接下来的一部由话本改编的传奇是《比目鱼》③，首次出版于 1661年（单锦珩，《李渔年谱》，p.40）。这部传奇改编自《无声戏二集》中的"谭楚玉戏里传情，刘藐姑曲终死节"，被收录为《连城璧》的第一个故事。

《凰求凤》完稿于 1665 年（单锦珩，《李渔年谱》，p.45），改编自话本"寡妇设计赘新郎，众美齐心夺才子"，原本是《无声戏二集》中的故事，后被收录为《连城璧》的第六个故事。

现存的最后也是最晚的一部李渔话本改编传奇是《巧团圆》④，出版于 1668 年（单锦珩，《李渔年谱》，p.65）。该传奇改编自"生我楼"，是《十二楼》的第十一个故事。因为"生我楼"女主角的刻画比较"单薄"，不能够满足传奇女主角的需要，李渔借用了《无声戏》第

---

① 译名为 "An Ugly Husband Fears a Pretty Wife but Marries a Beautiful One"，见 Patrick Hanan on page 46 of *Silent Operas* (Renditions, 1990).

② 译名 "A Handsome Youth Tries to Avoid Suspicion But Arouses it Instead"，见 Hanan, *Silent*.

③ 译名为 "Sole Mates"，见 Hanan, *Invention* p.18.

④ 韩南和 Henry 译为 "The Amazing Reunion"，揭示出题目的双重含义。

五个故事"女陈平计生七出"①中的元素对女主角加以丰满。

李渔响应多样化的文学市场

明代的精品印刷集中在江南地区，为适应快速增长的市场对不同层次书籍的需求，其他印刷中心也开始出现。建阳和四堡的出版商制造了大量的质量相对较低的版本，以更低廉的价格满足大众的需求。②现存李渔小说和戏曲的最早版本是高质量、配插图的版本，我们通过观察不同文体的运作方式可以看出李渔对于当时多层次的文学市场③的响应。李渔的文体改编——即本文关注的首要问题——显示出在多样化文学经济中将利润最大化的策略。为实现这一目标，李渔将原本为真正能解其才华的"知己"④而作的话本故事改编为传奇来适应更广泛的娱乐需求。⑤

现有研究中，将中国小说和戏曲视为文学商品从图书文化的角度进行挖掘的研究非常少见。⑥有大量研究成果是关于欧洲作者身份（authorship）的出现以及精英人士对于印刷品大规模流通的焦虑，特别是关于早期英格兰，但这些研究并没有将中国文化背景纳入视野，笔者希望本研究可以为日后的学者打开一扇门。在《中华帝国晚期的印刷和图书文化》（*Printing and Book Culture in Late Imperial China*）一书的"中国图书史"章节中，布罗考（Cynthia Brokaw）简要概括了学术研

---

① Hanan 译为"A Female Chen Ping Saves her Life with Seven Ruses".

② 见 Brokaw, *Commerce*.

③ 见 Brokaw, *Commerce*, and *Printing*.

④ "知己"即能跨越时间、空间和社会地位的障碍而心意相通的人，最初用来指代欣赏自己的赞助者。

⑤ 这里并不是说李渔的传奇并不用于文人的娱乐。李渔的传奇有多重的运作方式，有些只为文人所欣赏。此处要强调的是与话本不同的是，李渔在传奇的改编中着重雅俗共赏。

⑥ Jing Shen（沈静）撰写 *Playwrights and Literary Game*s 时试图解决此类问题，重点放在传奇的互文性。据笔者所知，尚无研究试图从更广泛且无审查的文本流通的角度解构对"性"相关内容的限制。

究的不足之处：

> 在数量庞大的中国图书和印刷品的问题上，以后的研究需要关注中国图书的哪些方面呢？上文的综述从大体上总结了中国印刷业的历史，提供了善本书籍的文献指南，但对书文化和中国印刷的社会史方面的分析十分有限，包括印刷技术和出版架构如何塑造书文化，书作为商品和信息来源对精神生活、社会交往、文学交流、宗教信仰以及文化、政治、科技信息的传播的影响。（Brokaw, *Printing*, p.5）

笔者的研究证明明清时期小说和戏曲的文学分析，特别是文学和表演文体的交叉部分从很大程度上揭示了当时的文学经济环境。

本研究探索的问题之一是意识形态分别对传奇和话本产生的影响。本研究最初考察的问题是：传奇作为一种表演性文体并且具有更高程度的合理性，是否需要遵守意识形态更加严格的制约，而相比之下，话本小说主要是作为私人阅读的消费。这种假设是基于李渔对小说的改编过程中的具体变动，同时李渔也曾提到戏曲有必要保持一定程度的适当性，并强调这一文体的观众包括妇孺和教育程度不高的人——即潜在道德基础较为薄弱的人群。[①] 李渔的作品为该假设提供了诸多素材。通过考察李渔将话本改编为传奇的过程进行的改动，我们不仅可以摸清两大文体的轮廓，还可以审视作品是如何变动以适应更广泛、多层次的受众。后续章节将围绕这个问题逐步展开，而本章作为总体性介绍的任务是将该问题放置于 17 世纪中国的文化大环境之下。

尽管本人的研究在于探究话本和传奇的区别——特别是传奇与更广

---

① 比如，在《闲情偶寄》"忌填塞"中，李渔将文章和戏文作对比："文章做与读书人看，故不怪深；戏文做与读书人与不读书人同看，又与不读之妇人小儿同看，故贵浅不贵深。"（李渔，《闲情偶寄》，第 24 页）

泛受众之假设相关的区别，但需要注意的是从官方上讲，小说和戏曲有着不可分割的联系，在禁书名目中它们通常被视为一类。丁淑敏在《中国古代禁毁戏剧史论》中认为，小说和戏曲的禁止是以同样的典型的方式一同操作。① 在禁毁名单中，许多条目难以准确分辨是小说还是戏曲，因为它们被无差别地列出，而且许多条目既有小说又有戏曲。小说和戏曲在禁毁书目中被归为一类是因为正统精英文人鄙视其为俗文学。② 丁淑梅进一步指出小说通过戏曲表演得到普及，传统的剧作家经常在小说中寻找戏曲创作的素材，而戏曲又影响了小说。禁书造成了一个值得关注的结果是出现在禁毁名单中反而成了最能增加书本流行度的因素。（丁淑梅，第 356 页）丁淑梅还指出由于戏曲的公共属性，对戏曲的禁止远早于对小说的禁止。

李渔作为作家（Author）③ 进行写作、出版、舞台表演和产品营销所处的环境，其特征是文学市场日益增长的竞争和消费。李渔运用了一系列策略来占领市场份额，在监管不力的流通中保护自己的作品，打击盗版和伪造，善用不同的文体来迎合新兴的多层次市场中不同的受众，利用自己的才智巩固多样的文学产品，品牌化作者的声音。

游历的主题与作家人格

李渔的人生不时地穿插着频繁的外出远游，外出寻求赞助和出版事业构成了他职业生涯的核心。Cynthia Brokaw、Lucille Chia 和 Kai-Wing Chow 关于商业出版的最新研究向当代读者揭示了中国早期的出版业很大程度上依赖于将文本交付给读者的能力。绝大部分的工作是靠着双脚完

---

① 由于表演的公共属性，演出的禁止受到更多的关注。

② 作品"俗"并不一定被禁止。如第二章将讲到的，传奇的评论者包括李渔认为传奇应该既有雅又有俗。

③ 首字母大写的"Author"，作者想要区分仅仅写作的作者（author）和发展出作家人格的"Author"，比如李渔，后者与自身紧密联系，在文学商品中强化这种人格，在竞争的文学市场中将自己的作品品牌化为更独特（和更优越的）。

成的，书商们脚踏运货车奔波于固定的路线。布罗考指出，相比于明代的印刷业爆发，印刷业在清代的扩张更多地依赖于让书籍进入新兴市场。她解释道：

> 清代印刷业不是明代印刷业大爆发的简单延续或增强。清代商业印刷品在偏远地区以及在各种社会层级和受教育程度的人群中的传播呈现出与晚明时期不同的生产模式。自十六世纪到明朝灭亡时期的印刷业爆发在生产环节上主要由几个极其重要的商业出版集中地区占据，包括江南地区的南京、杭州、苏州、（扬州、湖州和徽州也有一定实力）和福建北部的建阳。（Brokaw, *Commerce*, p.8）

明代印刷业更多地集中在文人聚集的江南地区，而清代对阅读材料的市场需求快速增长，要求出版商们不断地开拓新的市场来满足商业印刷的迅猛发展。也就是说精英文化生产可能保持相对稳定，但娱乐类和教育类（比如应考类等有可能带来上升通道的书籍）的市场需求飙升。清代江南地区的商业印刷并没有像边远地区一样呈现出倍速增长，因为明代以江南地区为中心的印刷业爆发已经建立了足够的体量来满足地区性需求。[①]

在江南地区，精准地定位不同的市场受众对出版商显得愈发重要。在"杭州和苏州的还读斋"中，威德默（Ellen Widmer）分析了三位汪氏经营者在"还读斋"出版生意中的角色并发现由同一书坊、不同编辑出版的书籍呈现的首要联系是它们都迎合市场的需求。该文可以为我们对比李渔在出版生意上所做的努力提供参考价值。汪昂（1615—1694）和汪淇（约 1600 年出生，1668 年退隐）是与李渔同在江南地区

[①] 不同地区印刷书坊的数据见 Brokaw, *Commerce in Culture*, p.8–p.19 和张秀民《中国印刷史》，第 343–348 页。

的同时代人（Widmer，p.79）。威德默认为："尽管汪淇和汪昂主事期间有很多不同之处，"还读斋"的书讲述着一个连贯的故事。这个故事即本文的主题是三位汪氏运营者洞察并迎合读者的需求和品味。"（Widmer，p.79）

竞争加剧，使得市场更加注重满足读者的需求，明代从早期到末期见证了小说和戏曲印刷品数量和品种的急剧增长。以建阳的印刷业为例，小说的版本数量从明初（1368—1505）到晚明（1506—1644）从零增长到一百余种（Chia，p.187）。

书籍的流通环节深刻地影响了李渔所处时代的出版业，流通依赖于出版商将印刷品交付给扩张的市场。流动书商们则将流行读物直接贩卖给读者。如果从这个角度来看李渔的游历，我想它们的重要性不言而喻。我将在第四章详细讨论，李渔出版于 1668 年的最后一部传奇《巧团圆》（单锦珩，《李渔年谱》，p.65），故事取自"生我楼"，暗喻了一个人于在外远游的过程中发现自己的身份。在这个故事中，幼年被拐卖的儿子经过长时间的分离得以重逢，然而又因战乱再次分离，儿子最终经过一系列的巧合与父母团圆，也认识了自己的真实身份。儿子苦苦寻求自己的身份，并在经商和战乱的游历中逐渐揭开谜底。"游历"（itinerancy）在李渔的作家人格中发挥着重要作用，我将讨论他对于自己的文学商品在市场中流通的操作。

在《创造李渔》中，韩南（Patrick Hanan）在开篇叙述了李渔赴京（城）之旅的精彩故事。他是这样开头的："1673 年，冬日将至，当年中国最畅销的作家李渔发现自己既没有钱驻留，也没有足够的盘缠离开。"（Hanan, *Invention*，p.1）① 随着叙述的逐步展开，读者知道了李

---

① 译者注：本文中关于韩南《创造李渔》的引文参考韩南著，杨光辉译《创造李渔》，上海：上海教育出版社，2010.

渔此次游历经历了较长的等待。1671 年《闲情偶寄》出版后，他便把书寄给了京城的赞助者，希望能收到赴京的邀请，然而最初的努力没有得到回应。他便采取了更直接的方式，给过去的庇护人写信言辞恳切地诉苦。然而他到了京城才发现自己的赞助者比自己的状况还要拮据。官员们昔日在俸禄之外的额外收入没有了，而李渔再留下来也无益。他称自己的离开因为交通费而延迟。李渔的延误或是天意或是巧算，内阁大学士索额图（1636—1703）通过李渔的朋友命他留下，并为他安排了一年的俸禄（Hanan，*Invention*，p.2-p.6）。

李渔游历众多，都是为了弥补自己的收入，因此他将自己比作"托钵四处化缘的僧人"（Hanan，*Invention*，p.1）。他寄希望于自己的游历可以得到主人对其才华的赏识和经济补偿。李渔陶冶并宣传自己的才华以及穷困的"打秋丰"之旅印刻在他的作家人格中，与当代文学经济有相关之处。李渔的"企业家精神"成为韩南等研究者解读的主题①，大量的研究是向当代读者再现李渔的人格，但并没有将他的作家人格视为与文学市场之间的首要中介手段，用来再现职业性身份特征。韩南在著作开篇提到的故事是为了体现李渔的原创性和商业兴趣，但并没有将这些兴趣与中国早期出现的职业作家性（authorship）联系起来：

这一事件实质上并不重要，因为李渔的主要作品在此之前已全部出版，但它确实展现了李渔的生活中某些重复性的主题。那些书信充分显示了李渔对于自己的原创性以及引发谈笑声的能力的自信，这些都不是中国传统文人的普遍目标。它们也揭示了文学和生活中的李渔在必要情况下显得胆大独行的精湛演技。更重要的是，它们显示出李渔在经济上一生时常

---

① 关于李渔的创业企业家精神，见 Hanan, Invention p.1-p.30; Chang and Chang p.129-p.92; 刘庆.《论李渔家班的演剧之路》,《中华戏曲》, 2003. 2:p.157-p.197

面临的窘境，是他创作出大部分好作品的现实条件。(Hanan, *Invention*, p.6)

在提到李渔人生的"重复性主题"和他"在文学和生活中的精湛演技"时，韩南描述了李渔包装作家人格却不着痕迹的过程。笔者认为"作家的自我包装"为理解李渔作品的内容和环境提供了有利工具。通过在文学和生活中的角色扮演，通过表明自己的目标不同于传统文人的目标，李渔将自己包装成"职业的作家"（ Author ）。

关于李渔的大部分研究都属于传统的单一作者研究——通过传记更好地理解作家的作品，并未涉及将李渔作品的内容置于其他的职业活动的背景中加以考虑，而这正是本研究尝试做的。李渔在作品中和与赞助人私下和书面的沟通中成功地包装和演绎了作者人格，使得文学作品中的传记和传记中的文学作品显得自然而显著。发掘李渔在生活中的人格，然后与文学再现中的人格加以对比，可以获得许多启发。我们将发掘他寻求资助的角度、对作家人格的包装、出版事业，以及带着家班游走四方来寻求更广阔、多层次和竞争性的市场，如果不考虑这些，我们也无法理解这些策略对社会和文化变化的暗示性作用。

从李渔大量而频繁的寻求赞助之旅来看（单锦珩，《李渔年谱》p.1-p.127），李渔的职业生涯很大一部分是在游历途中的。大量的游历沿着既定的贸易线路，在各地之间寻求邀请和为赞助人提供娱乐，构成了一大部分收入来源，比如说，其中一部分可以用于出版业投资。在具体分析李渔的话本改编传奇时，我将继续围绕这一点，即旅行发挥了什么作用？旅行如何改变和塑造李渔的性格特征？作家人格的塑造使他的作品围绕着他的创造才华和职业作家身份（ authorship ）展开。他将这种人格作为品牌来打造，不仅仅是通过印刷品的流通，还通过自己身体的移动。李渔的游历和贸易差旅并行，使书籍在沿途得到更广泛的流通，像书商一样，李渔在途中也会带上一些信笺的样本，有时还会带上作品的样本。从出版业的背景下来看李渔的寻求资助之旅，可以发现这与当时快速扩张的文学市场之高度竞争性的关系。

再现演绎的身份特征

很多关于李渔的二次文献采取的分类方式是传记、历史叙述和文学作品。这种批评方法源于"职业作家性"的出现，因此李渔从某种角度来说非常适合这类研究方法。李渔创造并演绎作家人格，而二次研究很多是关于重构这种人格，即使没有这样明确地表达。也就是说，通过李渔的史学、传记和文学的分类法，评论者可以考察和再现李渔自我塑造的身份的侧面，但并没有意识到他的自我包装是当时文学经济的一个表征。如果不能理解李渔演绎的身份特征和自诩的才华是在竞争激烈的文学市场上独出心裁的一种手段，评论者便更无法看到职业作家身份（authorship）的出现对白话小说产生更广泛的影响，该问题亟待进一步研究。由于李渔的市场策略似乎更多的是出于对市场需求观察后所做的反应，除了少数诗歌之外，他并不属于清初表现易代伤痛的文学潮流。他的文学作品和他对作家人格的塑造是为在竞争性的文学市场中获得一席之地所做出的尝试，理解了这一点可以让我们更好地审视他的自我呈现（representation），而将李渔放置于当时文学经济的大背景下可以更加全面地阐释他所处的条件，通常形容李渔"超前"的观点有失偏颇。

二次研究可能没有很好地将李渔的作品置于由明入清的历史背景中考察，而是强调和再现李渔在生活和文学中的虚拟性身份特征（fictional identities）。总的来说，李渔演出的身份违反巴特勒（Bulter）在下文中强调的连贯性（coherence）。但就他的作家人格而言，笔者认为他在文学和生活中的演绎具有连贯性。如下文将继续讨论的，将他的作家人格统一起来的因素包括：对才华的坚持，困窘的境况和游历的必要性。

如果将身份特征（identification）理解成演绎的幻想或代入，那么，连贯性无疑是被渴望、被期望和理想化的，而且这种理想化具有物质意义的效果。换言之，行为、动作和渴望使内在核心和实质产生效果，但是在身体表面产生，通过表现缺失性的表演可以暗示但不能作为原因揭露身份的组织性原则。此类行为、动作和演绎是表演性的，他们试图用其他方式表达的实质或身份特征则是通过有形标志和其他杂乱无章的方式制造和保持的碎片。（Butler，p.171-p.172）

如果我们从自我包装和竞争性、层次化的文学市场中新兴的职业作家的角度来理解李渔自我呈现（representation）的价值，包括他自我包装的身份特征以及身份特征的历史性和评论性表现，我们就能够解决李渔二次研究在这点上隐藏的问题。换言之，如果不能理解李渔在文学和生活中的自我包装是表演的幻想，它具有连贯性并以李渔的市场策略为中心，那么，李渔的评论性、历史性和传记性文字在笔者看来是再现其身份特征的单一尝试，缺乏连贯性，这种连贯性（根据他的作家人格）是李渔营造的。李渔的市场策略包括在文学和生活中演绎自我包装的身份特征，围绕自诩的才华进行组织，并以生活中的游历为条件。

如果不能从"文学产品增长的时代背景下职业作家身份的出现"这一角度理解李渔的自我呈现，关于他的身份特征的表现仍然是不完整的。李渔身份特征的再现要实现连贯性就要理解他对自己的表现/表演是一种市场策略。这并不是说李渔作为一个历史人物从未表演过与文学市场无关的身份特征，但是，我们能看到的表现他身份的材料——写给之前和潜在赞助人的信、文学作品、同时代人的评价——从新兴的作家（Author）的策略来考虑显得连贯和统一。

善用文体瞄准分层化市场

新的市场需求为新的文学类型的出现提供了空间，反之使得市场更加层次化。艾瑞克森（Lee Erikson）是这样论述诞生于市场需求的文体：

> 我们可以把文体的形成视为出版商和作家为迎合增长的市场而创造的新产品。随之产生的产品范围使阅读市场多层化，从而比以往更加有效地瞄准特定的群体。从这个角度来说，每种文学作品都将在某种程度上成为混合的文体，因为作者试图使自己的作品符合市场需求，适应一部分群体。（Erikson，p.14）

通过考察李渔为适应更广泛更多样的新市场而差别化地运用不同的文体，本文从"关于职业作家身份的兴起"（emergence of authorship）的整体性研究切入，聚焦于 17 世纪中国的文学市场。①研究李渔、发掘他的作家人格带来了有趣的发现，以小见大地揭示 17 世纪的中国，特别是当时的文学经济的图景。以职业作家身份的兴起为背景来考察李渔的生活和作品，笔者试图揭示白话小说的抑制和过度（containment and excess）的两面性，这是当时对增长的文学产品和消费的反应。李渔的传奇表现出希望迎合新兴的多层化市场，特别是包括教育程度不高的人群甚至是文盲。为了适应读者和非读者人群，李渔对传奇采取了比话本更高程度的抑制。他积极地希望打开传奇的大众消费市场，同时在自己的作品中创造限制性的消费领域。也就是说，他的传奇是提供给大众消费的，但话本是为了寻求作者（Author）和"知己"之间的对话，要避免受到不受约束的流通造成的通俗化影响。

---

① 这种研究方法并不是指关于早期欧洲职业作家身份的兴起的研究可以全部拿来并用在中国的研究上，而是可能适用于一些案例的一些侧面。这是从笔者的经历看待李渔和清初的文学文化。

与更大的读者群体并存的是以往的权贵和知识阶层日益增长的不安和幻灭感。文学大众化的趋势使得一部分生产者努力使他们的作品戒除庸俗化。对李渔话本改编传奇的研究显示了他在这两方面都做出了努力。一方面，他的话本向读者保证对才华的独享，另一方面他的传奇尝试对过分迂腐的文体进行革新，使之作为表演性文体能吸引更多的受众，具有更长的延续性。通过话本的叙事者，我们可以看出李渔与"知己"通过"作家人格"近距离的沟通，许诺只有尊贵的读者们才能欣赏他的才华。这种读者与作家（Author）的创造性才华之间近距离的甚至算得上独有的联系来自李渔在增长的文学流通的环境中努力提供独特的产品，因而把他的作品定位为"超越被玷污的大众审美"。鲍迪尔（Bordieu）在下文中论述了作者凭借创造性才华声明自己的权威，出现在当某个限制性的产品领域中获得了自主性（autonomy）的时候，这符合李渔通过话本叙述者和读者之间的专有关系在限制性的产品领域坚持强调创造性才能的表现：

随着限制性产品领域获得自主性，生产者趋向于自视为有至高权利的智者或艺术家——作为"创造者"，试图制造无其他合理原则的权威（或者同行的权威性通常被降低为旁门别派，哪怕是在科学活动中也是如此）。（Bourdieu，p.124）

以这种方式，传奇作者们运用各种策略，加入更多合理的艺术形式比如诗歌和曲调。为适应更广泛和非排他性的观众群体，一些传奇创作者担忧传奇因此走向堕落的潜在危险，试图缩小文化产品的范围，使传奇显得更加晦涩深奥，但李渔已确保自己才华的唯一权威性，可以自由地将传奇带给尽可能多的观众。

李渔对文体的差别化运用反映出艾瑞克森（Erikson）所说的"将市

场分层，从而比以往更加有效地瞄准特定的群体"。对于话本小说，李渔试图通过限制性的流通和坚持文学人格的才华来增加价值。通过话本叙述者，李渔的"知己"们独享作者的才华。李渔的话本改编传奇揭示了他为瞄准新市场做出的努力。两种文体的市场策略在原创性和才华的战略性运用方面具有连贯性，但对于话本，李渔试图通过限制性的流通增加价值，而对于传奇，他试图将同样的素材推向更广泛的市场，即非读者人群。

李渔的传奇标志着这一文体发展过程中一个自我反省的转折。李渔的前辈将传奇的流通限制在精英观众群体，但这种限制性的流通最终考验着传奇的生存能力。在李渔的时代，全本的传奇演出大部分被折子戏取代，折子戏在演出传统上反映出该文体的通俗化。面对这种形势，李渔呼吁传奇要走向所有观众，要压缩长度以便一次能演出完整的故事。李渔的传奇大部分在三十场左右，驾驭情节协调有力，同时仍然符合文体要求。

明代末期，以冯梦龙（1574—1646）的作品为代表，白话故事或话本作为一种文体趋于成熟，从相对难登大雅之堂的地位转而被更广泛的公众所接受和消费。话本作为白话小说的亚文体，虽然一直被排除在正统文学之外（如诗歌、散文），而且在内容上有道德败坏和离经叛道之嫌，然而，随着晚明印刷业的蓬勃发展（特别是江南地区）以及书面小说读者文化程度和多样性的提高，产生了新文体的市场空间。冯梦龙的"三言"使该文体更被接受，较以往在文体一致性上达到了更高的标准。① 与李渔不同的是，冯梦龙与这些故事保持距离，仅作为出版者出现，并未直接说明其中大部分是在前人素材的基础上自己

_____

① 第一部白话故事集《六十家小说》大约出现在 1550 年，但整本已不存，留存下来的故事在文体上显得杂乱无序，文言小说和白话故事出现在一起。

创作的。①

话本与白话小说都适用于韩南提出的"三个协作模式"，即评论、描述和呈现的模式，并且都使用模拟的说书人作为叙述者。第一个模式可以让叙述者插入对故事的评论；第二个模式可以进行让时间停滞，插入对人物、背景和物品的描述（通常是骈文）；第三个模式基本是叙述者对行动的呈现，并不是白话小说特有的。② 话本的叙述者如同职业说书人引导着读者——假设的听众——直接插入说教、制造悬念和嫁接过渡。如陆大伟（David Rolston）所述，中国白话小说中这种"假借说书人"的文学惯用手法源于"借用职业说书人这种耳熟能详的讲故事方式，来适应写作和阅读小说的陌生过程。也可以视为由于早期白话小说不交代'作者'而采取的功能性处理方法"。（Rolston，p.232）

在李渔之前，话本作为一种文体已发展出成熟的规范。其中，由冯梦龙编辑和出版的故事加入的规范包括开场白和收场白的需要（可简单可复杂），以及"戏语"（teaser）收束开场白同时通过强调共通或反差的设计引发了读者对故事主体的兴趣。

我需要负责任地指出，上述关于话本的讨论远没有全部压缩该文体的复杂性和演变。在接下来的第三章中，我将继续讨论该文体叙事方法的"演变"，这种讨论可能再一次给读者的印象是，文体的"演变"相比于实际情况显得太过简单，或太过线性。下文的讨论似乎强调了话本叙述者个人化的线性过程，脱掉说书人的伪装变为"作者"（Author），然而实际上这个过程的发生远比我们的简单论述来得复杂。③ 要阐明的主

---

① 冯梦龙只说明自己是其中一个故事的作者，而且是在讨论基于该故事的戏曲时说出的。见 Hanan, *Chinese* p.116，p.230–p.245

② 关于这些模式的讨论，见 Rolston，p.229–p.242.

③ 关于话本更详细的研究见 Hanan, *The Chinese Vernacular Story, The Chinese Short Story*; and Levy.

要观点是，从惯例的角度，话本为李渔提供了更大程度加入作者声音的空间，相比于以往"编辑—作者"式的话本，笔者认为话本叙述者比以往更加个人化的本质标志着李渔作为作家（Author）的出现。

自我包装的戏剧性

因与戏曲表演关系密切，李渔的名声受到玷污。学界注意到一些同时代的人谴责他的逢迎。如果将李渔对作家人格的表演理解成自我包装的一部分，我们可以从作家实践的更大的背景出发诠释他的人格演绎。笔者认为，把李渔说成是"演员"的指责正中要点，不仅因为他与戏曲表演的关系，还因为其自我包装的戏剧性（theatricality）。李渔的自我神化（self-mythologizing）和演员的名声印证了下述引文：

但需要指出，该术语"自我包装"（self-fashioning）目前成为重要的行话，指代任何时期的艺术家个体选择自我神化（self-mythologise），即通过语言建立一种身份特征，并展现在"观众面前"。戏剧性体现在自我包装的后半部分，同时强调语言在这一过程中的作用，与 Judith Bulter 对表演性（performativity）的定义直接相关。（Demoor，p.13）

李渔被一些同时代人视为"演员"，这点引起笔者的注意，不仅因为这与李渔为我们留下的文化遗产不符，也因为这种指责恰好符合他对作家人格的运用，来应对多变的文学市场。李渔包装和演绎作家人格来统一和增加文学商品的价值。[①] 正如格林布拉特（Greenblatt）所说的自我包装中的常见情况，李渔运用这种人格，"未考虑文学和社会

---

① 《合锦回文传》的作者归属问题可以侧面印证李渔作为作者，其个人品牌的资本价值。《合锦回文传》作者笔名铁华山人，错误地将李渔署名为作者，目的是利用李渔的名气积累资本。该作现存的最早版本时间是 1798 年和 1826 年，李渔已去世多年，而且在风格上与李渔不符。为增加资本将李渔附加于某人的作品上印证了其作家身份的出现，作家的身份成为首要的分类用来营销作品。关于《合锦回文传》伪署名的更多信息，见 Wang Ying，p.151.

生活之间的截然界线"（Greenblatt，p.3）。而李渔被"轻视"为演员直接指明了他运用作家人格作为市场策略而对文学和社会生活界线的无视。

运用天才的奇特性作为市场策略

李渔坚持强调自己的才华和奇特性。在《创造李渔》的前置部分，韩南使用了李渔"自我神化"的典型引言："Is it not astonishing that the world had to wait for Liweng [Li Yu] to invent this?"（Hanan, *Invention*，xiii）。韩南选用这段引文，固然是因为它凸显了李渔对独创性的坚持。若将此类声明视为在竞争性市场环境中寻求差异化而做出的策略，我们会对李渔为身份特征的再现而做出的自我包装产生新的理解。希金斯（David Higgins）这样解释在文学产品的增长时期，作家身份如何作为品质的标志出现：

> 因此，正如许多评论者认为的，"天才作者的浪漫神话……模糊了文学市场的真实情况"，天才（genius）的再现同样对市场运行的方式起到重要作用，天才的实质是对独特性的声明——鹤立鸡群——通过出版者、评论者和作者提供给消费者，作为文学产品增长时期品质的标志。（Higgins，p.8）

希金斯提到了出版者、评论者和作者参与创造性才华的再现。而李渔同时扮演了三种角色——出版者、评论者和作者，体现了"职业作家性"开始在清初的文学市场发挥效应，填补增长的文化产品带来的权威性空白。李渔跟市场谈判，通过写作和出版投资文学创造；他在赞助人系统中自我谈判，排演戏曲娱乐主人，将最新的出版物寄给赞助人。李渔坚持强调自己作品的才华和独创性是在市场中增加价值的策略之一，特别是在当时竞争性和商品化的文学市场中。

传奇的雅俗对话和文学权威性危机

如第二章将详细讨论的，传奇的批评主要集中于内部关于雅与俗的讨论。二级文献的标准叙述认为传奇源于南戏，不同之处在于由文化精英改造，使主题和素材更符合精英的审美。通过这种精英文化的改造，传奇成为了雅韵，加入了文化层级更高的文学形式，比如诗，尽管与表演和演出紧密相关，传奇仍然是可被接受的表达模式。

据笔者目力所及，至今尚无以更广阔的文学市场作为背景阐释传奇的形成和发展的研究。笔者认为传奇在愈发流行的过程中变得越来越雅，以昆曲的传播作为首要的精英文化形式。面对读者和非读者公众逐渐缩小的差距，文人们感到岌岌可危，努力限制传奇作为文化产品的领域，着力将传奇变得愈发晦涩深奥。到了李渔的时代，剧作家和批评家们感受到普及该文体的需要，至少使之作为能延续的表演艺术。汤显祖的《牡丹亭》代表了传奇雅化的高峰，全剧共五十五出，曲文中有不少晦涩和引经据典之处。如李渔所担忧的，如果这种趋势继续下去，传奇将无法保持其表演性。陆萼庭（Lu Eting）认为，如果表演传统没有从全本转变为折子戏，传奇的表演传统可能无法保留（Lu Eting，p.30）。李渔的戏剧批评很多是出于打开传奇产品领域的需求，使传奇不仅作为作家的案头读物，还要作为可延续的表演性文体。因此，他主张传奇要有主线和整体性，内容要适宜于读者和非读者。所以，在一些精英面对读者群体的扩张而希望划分传奇的限制性领域时，李渔尽力主张其大众化。

第二章"从"丑郎君"到《奈何天》：角色类型、仿戏和李渔推行传奇的大众化"通过对比改编传奇《奈何天》和原故事"丑郎君"，考察李渔如何使传奇为读者和非读者群体所理解和接受。通过观察话本故事的人物如何被改编成传奇的角色类型，我们可以更清晰地勾勒出人物在话本小说和传奇中如何被分别塑造。另外，考虑到李渔明确表示传奇应该更加大众化，从"丑郎君"到《奈何天》的改编可以作为一个例证。我们将提到，李渔除了使内容更易于理解，"大众化"还意味着加入滑稽幽默和生动的武场。在"丑郎君"到《奈何天》的改编中，李渔始终保持着强调独特和创新的市场策略。

第三章"富于创新的作家：李渔在'谭楚玉戏里传情'和《比目鱼》中的叙述者"通过从"谭楚玉戏里传情"到《比目鱼》的改编考察李渔作家人格的特征。如本章所述，作家人格的演绎是李渔在竞争性市场环境中自我定位的主要手段。通过观察李渔在传奇中的叙述者，我们并不意外地发现他在传奇中比在话本小说中显得沉默，李渔运用不同的文体来适应文学市场中不同层次的群体。在话本小说中，李渔通过自我包装的文学人格，营销对其才华的私享。他的传奇依然兜售其原创性和创新性，他向更广泛的消费领域进行营销。在向更大众化的观众营销时，李渔的传奇给观众以交流才华的感觉更弱，更多地依靠直接的和大量的娱乐。

第四章"性别的倒置：从'寡妇设计赘新郎'到《凰求凤》"利用巴特勒（Judith Butler）的表演性理论提炼出性别角色倒置产生的新含义。将话本改编为传奇所做的改动显示出对女性特质的态度，以应对17世纪中国文化商业化带来的职业化和商品化。

第五章"颠沛流离的身份：从《生我楼》到《巧团圆》在流通中重拾本真"考察游历和旅行在主人公的身份构建中所起的作用。姚继在游历中的身份建构如何向我们揭示了李渔在游历中作家人格的建构？游历的主题在多大程度上反映了明清易代的创伤？又在多大程度上反映了对文学产品不受限制的流通的焦虑？

小结

李渔从话本改编的传奇反映出文学的大众化。一方面，他的传奇改编清晰地显示出传奇大众化方向的努力；另一方面，他的传奇改编显示出相比于话本在"性和性别"方面更严格的控制。即便是在李渔的作品内，大众化亦引发了文学和文化权威性的危机并表现出加以控制的企图。文学和文化权威性的危机在李渔文学产品的内外都得以彰显。他关于作家人格的自我包装反复围绕三个主题：游历、经济状况不佳和作为商品的才华。李渔通过作家人格对盗版和文本不受控制的流通表示担忧。他还呈现了自己需要托钵四处游历，依靠自己的才华供养家庭的事实。通过声明文学权威性，通过职业化和企业化，李渔希望把控自己的文学财产，将他的作家人格印刻进去。他的游历、实地巡游表现出他在文学权威性（literary authority）危机中的进取心和焦虑，他是以职业作家身份开始谋求文学 / 文化权威性过程中的先驱者。

通往非凡的日常生活：李渔的理念、写作与实践

＊译自 S.E. Kile: *Toward an Extraordinary Everyday: Li Yu's (1611-1680) Vision, Writing, and Practice*[D]. NY: Columbia University, 2013.

作者简介

该文作者是邝师华（S.E. Kile），美国优秀的中青年学者、海外李渔研究专家，于 2013 年在美国哥伦比亚大学取得博士学位，现任美国密西根大学亚洲语言与文化系助理教授，研究领域是中国明清文学、性别研究、文化实物与文学的关系。《通往非凡的日常生活：李渔的理念、写作与实践》是其博士论文，目前正在完成主题为"李渔的文化创业"的英文专著。

论文摘要

该论文旨在研究"文人企业家"李渔（1611—1680）如何利用清初中国市场经济的萌芽策划和营销一种日常生活的新体验。李渔的文化产品当时十分畅销，那时的社会上充斥着各种各样的新奇事物。1644 年明朝覆灭，但许多典型的特征被保留了下来：中心城市充斥着来自本土或

异域的新奇小物件，为物质世界的生活与体验提供了新的可能性。由于出版物的增多与出版成本的降低，写作的地位和读者群体也发生着相应的变化。李渔抓住这一成熟的时机进行资本化经营，开发、销售文化产品，将消费者的关注点导向了日常中的细节与可能性。笔者认为通过文化生产，李渔改变了文化资本的构成及其在清初中国南方中心城市的所有者。

李渔将自己的名字打造成为个人品牌，用以营销自己的小说、戏曲作品，乃至创意设计和 DIY 科技等无形产品。笔者通过考察贯穿李渔整套文化生产的种种策略，揭示出他如何在改造建筑环境的物理结构与变化戏剧表演的视觉体验的同时，也重塑了它们在语言与叙述中的呈现方式。李渔作品的读者、园林的参观者和戏曲演出的观众可以期待与具体细节的邂逅：他的语言聚焦物质世界，描摹出人体器官和泥土灰霾的历历形态；他从专业的角度，技术性地说明了舞台灯光和透视窗。在他笔下的故事里，一个男性人物利用望远镜佯装成仙人；在另一个故事里，一个狡狯的小偷因为"看"不出女主人公的近视而对她产生了误解。

本文以李渔的代表作《闲情偶寄》为中心。《闲情偶寄》收录了数百篇短文，话题涵盖了从戏曲导演到室内供暖、从挑选姜室到栏杆设计、从行路体态到石榴花卉等方方面面。该书与晚明鉴赏类笔记有一定的相似处，后者记录了时人在力求以品味突出的奢侈品消费彰显自己社会地位时所注重的种种微妙细节。晚明时期，由于商人的崛起挑战了文人对文化资本的话语权，所以许多能够展现社会身份与阶层差异的符号都受到了广泛的讨论。笔者揭示出李渔实际刻意背离了"晚明"的这一语境。李渔拒绝奢侈品消费，转而强调读者自身的鉴赏品味，而这种鉴赏品味正是通过与李渔互动、在日常生活空间中试验由他独创的、可复制的设计以及科技性的改良来获得的。笔者认为这些试验着力强化了个人体验的重要性，充分利用了既有概念与语境的不确定性，从而揭露了当时社会的宏大叙事——如儒家道德、性别规范、命运、医药——的局限性。

匠造日常的社会空间：李渔的戏曲与园林

> 予尝谓人曰：生平有两绝技，自不能用，而人亦不能用之，殊可惜也。人问：绝技维何？予曰：一则辨审音乐，一则置造园亭。
>
> ——李渔《闲情偶寄》①

1667 至 1677 年这十年，是李渔姬妾组成的家庭戏班和著名的居家别墅兼书店芥子园兴衰的见证，《闲情偶寄》也在此期间得以出版。此时正值李渔作为"文化企业家"的事业顶峰，随着他的出版项目持续发展并将虚拟空间带入了跨地域的社交活动中，有生以来，李渔第一次发现自己有能力在著述之外掌控生活中的社会空间。他在这些空间里的实践结合了他对戏曲导演和园林设计的双重激情——用他的话说"两绝技"。②

清朝初期，园林和戏曲表演的社会空间往往有所重叠。很多园林的首要功能是为私家戏班提供戏曲演出的场地，而所谓的"舞台"通常不

---

① 李渔：《闲情偶寄》，杭州：浙江古籍出版社，1992 年，第 156–157 页
② Patricia Sieber（夏颂），"Seeing the World through Xianqing ouji (1671): Visuality, Performance, and Narratives of Modernity," p.15. 此文中，夏颂提到在绘画、古董、园林设计和医药等视觉性类比中，李渔常将这两种技能联系起来。韩南（Patrick Hanan）在论述李渔两部小说集的题目时对此也有提及，参见 Hanan, *The Invention of Li Yu*, p.78.

过是一张临时铺在一块开放地面上的毯子（氍毹）。^①有些园林设有专供戏曲演出的固定舞台，李渔的芥子园中就有这样的戏台。不过，"园"这个概念十分灵活，它所指的可以是纸上墨痕、湖中船舫、乃至任何人群聚集看戏的地方——最常用来指代戏曲世界的词汇就是"梨园"。清初，戏曲和园林是人们，尤其是明代遗民，用来逃避现实世界的两种主要的虚幻空间。李渔的实践恰恰与这种趋势相反——他关注的是具体的、能够让这些社会空间发挥作用并供人娱乐的实体性、社会性和经济性因素，寻求的是创造提升日常生活体验的空间。李渔的芥子园就是他邀请当时的文化名流共聚一堂的场地。他的家庭戏班不仅为宾客带来娱乐，更使得其园林的一大中心要素具备了便携性。在芥子园外的演出虽然脱离了原本的演出环境，但依然可以激发出芥子园内（以及戏曲场景中）的具体景象。

无论是在戏曲导演还是园林设计方面，李渔都与传统背道而驰。他的家庭戏班既在芥子园内表演，也会跟随李渔出行，为他沿途的赞助人和友人表演。这是一种全新的混合形式，既非完全私有也非完全商业化。^②在园林设计方面，李渔的实践介于园林所有者与园林设计者之间，从而开发了一个非此非彼但又二者兼顾的新身份。同时，他在这些领域的实践与著述中的理念相呼应。一直以来，园林与文本和视觉的呈现紧密相连，从这种传统观点的角度看，《闲情偶寄》试验了一种新的园林呈现方式。本文旨在考察李渔对于园林以及戏曲表演的社会

---

①　袁书菲（Sophie Volpp）形容这种（通常铺设氍毹的）舞台空间是"投机的"（opportunistic），其边界是开放式的。参见 *Worldly Stage: Theatricality in Seventeenth-Century China*, p.71–p.72.

②　在回应早期一些夸大李渔对家庭戏班投入程度的说法时，韩南认为其家班更多的是为李渔的文人朋友提供表演，而非赞助人，并不认为它是李渔主要的商业行为。参见 Hanan, *The Invention of Li Yu*, p.8.

空间的打造与论述，将其实践与理念综合，以探讨它们所起到的复合性文化功用。①

纸上园林

17 世纪那些由财力不足或无意造园的文人虚构出的园林为理解清初园林的文化功能提供了起点。将这类文本进行比较也展示了明朝覆灭对于园林的建造、消费和想象的影响。黄周星（1611-1680）《将就园记》开篇云："自古园以人传，人亦以园传。"② 他将园林与文人"立言"联系起来，暗示个人名姓与名园的联系能使前者名垂文史。③ 黄周星也曾如李渔一样将山陵归于自己名下，对黄周星来说，无论园林是否真实存在，它都具备为人传名的功能。黄周星对其想象中的园林的记录与那些赋予真实园林不朽之名的文章一样，都详细地描述了其中令"参观者"赏心悦目的人和事。通过创造一座"纸上园林"，黄周星充分揭露并利用了其读者大都只是经由文字描述来游览园林的事实。

诸如黄周星一类的作者将对一座园林的细致描绘与该园林只存在于纸上的事实并陈，是何用意呢？黄周星把他对想象中的园林的记载描述

---

① 李惠仪（Wai-yee Li）论述了清朝初期园林与幻象之间的联系，特别是那些如"将就园"一样只以幻象形式存在的园林。参见 Wai-yee Li, "Introduction." In *Trauma and Transcendence in Early Qing Literature*, edited by Wilt L. Idema. Cambridge: Harvard University Press, 2006.

② 译文见 Ellen Widmer（魏爱莲），"Huang Zhouxing's Imaginary Garden," in *Trauma and Transcendence in Early Qing Literature*, ed. Wilt L. Idema.Cambridge: Harvard University Press, 2006, p.260.

③ 参见 Joanna F. Handlin Smith（韩德玲），"Gardens in Ch'i Piao-chia's Social World: Wealth and Values in Late-Ming Chiangnan," *Journal of Asian Studies* 51, no. 1 (1992).

为是为了创造一个"亦在世间亦在世外"的乌托邦。① 由于并不真实存在，黄周星的"纸上园林"比真实园林更能远离尘世——前者作为避世之所的效果则可能比后者更好。魏爱莲（Ellen Widmer）指出了清初明代遗民意识和虚构性的联系，并将黄周星的虚构园林与之关联。对于黄周星有关"将就园"的记载来说，这是一个特别具有说服力的解读，特别是考虑到在其唯一一部传奇作品中，黄周星赋予了"将就园"于纸上的塑造以及其"真"身于昆仑山上的构建以戏剧的生命力。只有在二次远离现实世界的基础上，黄周星的园林才能得以实现，其中第一次是进入戏曲世界，第二次是进入戏曲世界中远离凡俗的昆仑山。

李惠仪（Wai-yee Li）认为"纸上园林"和真实园林都是明代遗民为逃离清初社会创造的"异度空间"，他们的"园林作为私人审美空间具备了新的政治意味"。② 根据她的分析，明代遗民在他们"追逐或放弃历史坐标"的写作中反复运用"无地"这一表述，"创造了一个新的有关空间的诗境"。③ 而这个诗境的中心思想是这些明代遗民在字里行间流露出的于新朝代的错位感。李惠仪引用了钱谦益《后秋兴》中"有地只因闻浪吼，无天那得见霜飞"一句。她强调这一句反映了彼时"有地"的诉求不过是指向此"地""即将的灭亡"的命运。④ 如果继续展开，钱谦益诗句上下联的对仗将低处的"地"和高处的"天"关联起来：地与

---

① 参考 Widmer, "Huang Zhouxing's Imaginary Garden." 另见 Stanislaus Fung（冯仕达），"Notes on the Make-do Garden," *Utopian Studies* 9, no. 1 (1998). 冯仕达认为黄周星的园林不是乌托邦式的，因为正如陶渊明的"桃花源"一样，它并不完全是另外的世界，而是既属于现实世界又属于另外的世界。然而，笔者认为黄周星通过专注于创造文字性的园林，确实将自己的园林置于了另一个世界。此外，冯仕达没有像魏爱莲那样将黄周星戏曲作品中的园林纳入考虑范围，也因此忽略了黄周星在戏曲作品中将昆仑山上建筑的园林视为"真"园，而将《将就园记》中的视为"假"园。

② Li, "Introduction," p.49.

③ Li, "Introduction," p.44-p.46. 她同时考察了黄周星以及其他同时代关于乌托邦式的避世之地的文章，比如张岱的《琅嬛福地》，不仅限于园林。

④ Li, "Introduction," p.46. 钱谦益的这首诗是《投笔集》中《后秋兴》十二首的第三首。

天代表了一个完整的世界，但它们无法同时存在。"无天"也无光，遮蔽了作者的眼睛，他只能通过"浪吼"去感受"地"的存在。他只能感觉到一块站立的地方——或更确切地说是他写作的地方。就是在这样一片满是挫败与毁灭的地方诞生了清初的许多"纸上园林"。

黄周星的园林中，（戏曲）剧场和园林的空间同样是重叠的。这些人很多都将与剧场、园林相关的活动与写作视为是在创造可以跳出清初政治之外的空间。李惠仪也将园林与剧场的幻觉主义联系起来，列举了张岱、黄周星、吴伟业、祁彪佳和李渔等在两方面均有所造诣的文人。此外，在台上演绎逝去世界的伶人们也给予了明代遗民另一条抒发心中失落感的渠道。[1]

刘世龙的《乌有园记》也描写了想象中的园林，其文成于晚明时期，因而并不算是遗民心态。刘世龙论述了建造"纸上园"的好处，认为纸上空间较于一片真实土地更适合构建园林："景生情中，象悬笔底，不伤财，不劳力，而享用具足，固最便于食贫者矣。况视窗则张设有限，虚构则结构无穷，此吾园之所以胜也。"[2] 刘世龙认为纸上造园不伤财劳力，且想象空间无限。他的错位感不在于对当朝的不认同，而在于因经济上窘迫而无法修建宽大的园林。因此，他强调自己创造的园林最为经济、精美，极力捍卫了其优越性。

刘世龙的文章体现了文人们在将"纸上园林创作"视为"明朝覆灭"隐喻符号前，创作"纸上园林"还有其他的因素。有一个值得思考的问题是：园林的哪些要素在经历了明清更迭后仍然保留了下来？正是这些要素构成了清初明代遗民对园林的构想和李渔造园的文化语境。与上述

---

[1] 李惠仪引用李生光的诗《观剧》：堪羡梨园歌舞传，衣冠楚楚旧风流。邓之诚《清诗纪事初编》，北京：中华书局，1965，第一卷，第 167 页.

[2] （明）卫泳：《冰雪携·晚明百家小品》，上海：中央书局，p.104–p.105.

幻想园林的记载紧密相连的是有关园林的某些核心文化功能的假设，即园林的如立言留名、逃离现世、结交知己等功能即使在其不真实存在（涉及材料、人力、费用）和不置地造园的情况下也可以实现。黄周星与刘世龙的文章在描述园林最为显著、重要的特征时，都不约而同强调了其可以呈现于纸上或者通过文字传播的那一部分。正如刘世龙所写，对于彼时的人来说，他的"乌有园"与人们推崇备至却从未踏足过的历史名园具有同样的真实性。

园林剧场

在 18 世纪著名小说《红楼梦》中，大观园有着举足轻重的地位，是年轻的主人公们生活、交流、留下段段佳话的发生地。作为一个细节充分的虚构性实例，大观园展示了园林和剧场空间密不可分的关系，同时它也利用了长久以来一直在突破物理位置制约的园林写作传统。如果我们仔细研究大观园中的"小戏子"与采买"戏子"的决策过程，可以发现这些描写有助于我们理解李渔在其文化活动中扮演的多重角色。在小说中，当贾府得知元春省亲的消息后，特地征招了一位园林设计师为省亲别院画图样。贾府财力雄厚，却无人有能力或有意向主导园林创意，而是由专人负责"筹画起造"。①

这位园林设计师是谁呢？在文中，此人为"老明公山子野"，这样的名号在分析上颇为困难。"山人"在这一时期有着多种意义，它原指"隐士"，但到了晚明时期又有了"粗野"和"奉承"的含义，还可以指代在官场以外谋生的文人。这位设计师也似乎隐去了姓名，脂砚斋在

---

① 曹雪芹：《红楼梦》上，北京：人民文学出版社，2002 年，第 272 页.（第十六章）
Cao Xueqin and Gao E, *The Story of the Stone*, trans. David Hawkes（霍克思）and John Minford（闵福德）, 5 vols. (Harmondsworth: Penguin, 1973–1986), 1.319. (Hereafter SS). 霍克思将该人物译为 "Horticultural Hu."

此行的批注是"妙号随事生名"。^①然而，在小说中处于中心地位的大观园以至其中的一石一瓦莫不归功于这位无名氏。显然，作者将这位虚构的设计者的艺术才能与普通工匠们繁重、机械的劳动区别开来。（在下文中，我们可以看到李渔对自己作为园林设计者的描述与"山子野"不谋而合）然而，一旦园林工程竣工，山子野的工作便似乎淡出了人们的记忆，而其他人则开始在园林中题词作文。

在园中建戏班之事几乎与造园同步开展。从贾府中人商量去姑苏买女戏子的对话可以看出，这又是一个无人在行的差事。贾蔷这样向贾琏汇报计划："下姑苏合聘教习，采买女孩子，置办乐器行头等事，大爷派了侄儿，带领着来管家儿子两个，还有单聘仁卜固修两个清客相公，一同前往，所以命我来见叔叔。"^②采买十二个唱戏的女孩子成了大观园这样规模宏大的园林不可或缺的一部分。而与贾蔷一同南下的两个"清客相公"是对依附富贾达官的文化顾问、帮闲的文雅称呼。这个角色与李渔很相关，尤其因为他在后半生几次依靠赞助才得以远行。李渔的专长总体上与三种类型的文化人相关：园林设计师、文人墨客和园林所有者。

《红楼梦》中关于大观园题字的描写在如何认定建造园林的创意贡献方面也具有启示意义。即便在山子野的监督下园林工程已竣工，但此时园林仍然是不完整的，主人公贾宝玉还要陪同父亲和清客们游园并为每个景致题词。（"所有景观和凉亭甚至是岩石、树木、花朵在未被题词赋予诗意之前似乎从某种程度上讲都是不完整的。"）^③而贵妃游幸之

① 曹雪芹《脂砚斋重评石头记》，上海：上海古籍出版社，1980.
② HLM, 1.269; SS, 1.316
③ HLM, 1.278; SS, 1.324–325. 柯律格（Craig Clunas）用这段话论述"园林"的存在依赖于题词和赋诗，但柯律格的论述即止于此，他认为园林在题词后即为完整的。参考 Clunas, *Fruitful Sights: Garden Culture in Ming Dynasty China*, p.137.

时则要再次修订宝玉的题词。

　　几次游园——宝玉试才大观园以及之后的贵妃游幸——都体现了参与者在园中旅行的空间轨迹。游园以及因游园而生发的题词赋予了大观园以文化权威性，使之成为真正的具名且宜居的"园林"。① 像小说中的人物一样，读者需要通过题词辨识景致，借此读者得以想象如何在一个个景致中游览。这些小说中的题词以及其他由实际存在过的明清园林产生的诗歌、题词、游记与绘画将园林置于既成的文字与图像传统中，使之可认、可读。值得注意的是，其方式并不是提供游览地图，而是将读者或观者置于参观者的视角。②

　　如果说题词完善了园林的建造，使其成为了宜观、宜赏、宜居的奢侈体验，那么，为贵宾上演的戏曲表演则标志着园林正式投入日常使用。③ 贵妃与众人赋诗过后，贾蔷立刻呈上戏目供贵妃点戏。

　　那时贾蔷带领十二个女戏，在楼下正等的不耐烦，只见一太监飞来说："作完了诗，快拿戏目来。"贾蔷急将锦册呈上，并十二个花名单子。少时，

---

　　① 柯律格认为"园林"是通过以其为中心的语境与论述而存在的，他由此指向了 17 世纪二十年到三十年代之间。正是在这一时期内，关于"园林"的写作才第一次成为可能。Clunas, *Fruitful Sights: Garden Culture in Ming Dynasty China*, p.137.

　　② 柯律格在 *Fruitful Sites* 一书中使用 Certeau 在 *The Practice of Everyday Life* 中关于空间和场地的分类方法，来分析描画和记述明代园林的不同方法，但他的研究止于勾勒这类的游园活动。在对某些园林"记录"的研究中，柯律格关注游园的空间性（spatializing）体验。他将游览式路径（强调行进）和地图式景点打卡的体验（强调看）进行对比，指出尽管后者很多情况下看似在地形的描述上更加准确，但实际上却往往不然。这些空间性体验可能不能反映消费体验。柯律格认识到园林所有者们既是记录的书写者，也是绘画家，但他并没有考虑到有些园林所有者还是园林的设计者或至少参与了设计过程。从这个角度来说，他们不仅仅生产与消费了描绘园林的文字和绘画，也创造并体验了园林的实体结构。园林无疑是通过再现而闻名于世的，但在此之它们需要首先被设计与建造。

　　③ 参考 Certeau 对"空间"的定义：空间是由诸多运作产生的作用。这些运作引导、处置、时间化这一作用，并使其在一个多元的、由或矛盾或契合的事物组成的共同体中运行。Michel de Certeau, *The Practice of Everyday Life*, trans. Steven Rendall (Berkeley: University of California Press, 1984), p.117.

太监出来，只点了四出戏：第一出"豪宴"，第二出"乞巧"，第三出"仙缘"，第四出"离魂"。贾蔷忙张罗扮演起来。一个个歌欺裂石之音，舞有天魔之态。虽是装演的形容，却作尽悲欢情状。[1]

年轻戏子们在等待上场演出时的焦躁不安给园林的叙述性描写平添了一抹活泼的动态情状。接下来的戏曲表演则赋予了园林绕梁之音和迷人之态，这种感官上的体验是文字记录所不能及的。这种"不能及"正是园林带来的第二种空间实践——戏曲表演带领观众进入虚拟世界，并以之标记时间的流逝。这样的操作给在时间维度上的空间体验带来了新的可能性——之前参观者忘我地漫步于园林的空间中，现在又于戏曲带来的时空体验中流连忘返。关于这些活动的文字尚可以留存，但活动本身特别是声音和动作只能留在回忆中。游园和戏曲表演都是园林内重要的空间实践，在园林的奇花异草、岩石湖畔、曲径通幽、朝飞暮卷中得以进行。[2]

建造大观园的细节描写不仅从 17 世纪的一些园林记录中汲取灵感，而且依托了园林设计的语境以及为杰出的园林设计师赋予盛名乃至或严

---

[1]　SS 1.371; HLM 1.314.

[2]　参考 Certeau 关于"场地"（place）和"空间"（space）的讨论。对 Certeau 而言，"场地（lieu）是各种元素在共存关系中的分布所依循的（任何一种）秩序。它因而排除了两种事物出现在同一个地点（场地）的可能性。场地中"合适"之规矩的法则在于：被纳入考虑范围内的元素都是相邻的，每一个元素被置于适当的、不同的地点，而某个地点正是由其对应的那个元素定义的。"据此，园林的位置以及其中的物理结构组成了一个"场地"。书写有关园林的记录与观看园林中的演剧都构成了在这个场地中的空间实践。所谓"空间"，Certeau 认为"当方向、速度和时间变量的矢量被纳入考量的时候，空间即存在……它在某种程度上是通过其内部的动态的组合而实现的……空间是被实践、被操练的场地。"如果我们继续考察 Certeau 对"表达"（utterance）的强调，不难发现他的理论与和剧场表演相关的问题联系更加紧密："空间就像正在被说出来的词语；换言之，就像是当这个词语恰好处于一个正被实现的模糊过程中，它被转化为一个用语，一个依赖于不同的传统、局限于当下（或某一个时间）的动作以及受制于随后的环境变化的用语。"Certeau, *The Practice of Everyday Life*, p.117.

肃或玩笑性的文人地位的传统。至于"山子野"的人物原型到底是晚明
或清初时期的哪位园林设计师，这个问题还触及了关于《红楼梦》作者
的讨论，[①] 不过这方面讨论的证据不足，笔者也并不希望将某种原型安到
该人物上。笔者更大的兴趣在于通过晚明时期关于园林设计师的文字记
录考察对于他们身份地位和技艺的不同看法。这一时期大部分有关园林
的文章和诗歌都是由园林所有者或宾客所写，并不提及造园过程和参与
建造的劳动者。[②] 笔者不会对这些由所有者或宾客在园林落成许久后写下
的文字过多着墨，而是聚焦关于造园的文字记录，以此来阐释 17 世纪园
林文化中较少被研究的方面。

　　《红楼梦》中对大观园的描写和本文中对李渔的探讨有千丝万缕的
联系。具体而言，《红楼梦》对园林建造、戏班招募所需的专业性有细
致入微的呈现，对豢养女戏班和观看戏班演出作为园林基本的日常功能
也有详尽的叙述。更重要的是，大观园的相关情节为读者生动地展现了
园林在日常生活中的体验以及其在文化想象中的位置。大观园的故事汲
取了有关园林的写作传统，这种写作最晚开始于晚明时期，其对象是真
实或幻想的园林。如此，值得思考的问题是，园林在从晚明到清代的构
建中有哪些特征是依赖土地、人力和资本的，又有哪些是可以通过文本
传播的？同时，大观园的一些设计原理与李渔《闲情偶寄》中首次提出
的新观念遥相呼应，因此李渔似乎也为小说中关于设计才能的想象提供
了不小的启发。

造园

　　正如《红楼梦》所描述的，园林的设计工作交给了山子野，其所有

---

① 土默热：《土默热红楼故事新勘》，北京：中国海关出版社，2006 年。
② 柯律格分析了 1571 年至 1598 年常州地方志中的条目，发现"被认为值得记录
的……主要是那赞颂园林的知名文人和艺术家，而不是园林自身的特征。" *Fruitful Sights:
Garden Culture in Ming Dynasty China*, p.69.

者和居住者在园中的体验则像是在一连串神秘的喜悦之中迷失了方向。李渔自己设计私家园林，也帮人设计园林，并在《闲情偶寄》中给出对经济型园林设计具体而实用的建议。他关于园林和戏曲表演的写作与他同真实具体的亭台馆榭、人身肉体的互动相辅相成，而后者更是前者的核心构成要素。同时，在用文字记录他对物质世界的种种试验中，李渔细致考量了文本作为一种便携性媒介，对有关园林以及戏曲导演的商业化知识的传播。

在《闲情偶寄》中，李渔这样描述园林设计：

> 一则创造园亭，因地制宜，不拘成见，一榱一桷，必令出自己裁，使经其地、入其室者，如读湖上笠翁之书，虽乏高才，颇饶别致。[①]

作为李渔施展技艺的画布，"地"这一概念将李渔的实践与明代遗民聚焦于"错位"的文化语境区分开来。在其他谈到园林设计的讨论中，李渔经常使用"置造"一词以突出对建筑的安排、处置，而此处使用的则是"创造"，更加强调了创新的一面。无论是"置造"还是"创造"都包含了一个"造"字。李惠仪在文章中将园林设计之"造"与"造化"联系起来，认为晚明清初的造园活动是人们在私家土地上对造化者的效仿。该观点尤其适用于李渔，李渔经常在小说和文章中提到造化者的鬼斧神工，实则在戏谑地暗示自己创作文字的出神入化。[②]

早在晚明时期，像《红楼梦》中"山子野"这样的造园师已经开始

---

① 李渔：《闲情偶寄》，浙江古籍出版社，第156–157页。
② 比如李渔《生我楼》中就有所提及。在一系列几乎不可能的团圆重聚之后，李渔借叙述者之口解释道："谁想造物之巧，百倍于人，竟像有心串合起来等人好做戏文小说的一般，把两对夫妻合了又分，分了又合，不知费他多少心思！这桩事情也可谓奇到极处、巧到至处了。" Li Yu: *A Tower for the Summer Heat*, trans. Patrick Hanan (New York: Columbia University Press, 1992), p.245. 此处李渔颠倒了造物者与作者的关系，换言之他将自己构思的情节归功于了造物者，由此，他谦恭地将自己塑造为世事的一个区区记录者。

被雇佣提供监督园林建造工程的服务。其中，朱三松是炙手可热的竹刻家、画家；计成（1582—1642）起初是画家，而后于 1631 年至 1634 年间写下中国历史上第一本园林建造艺术指南《园冶》；张南垣（1587—1671）先是师从彼时最负盛名的书画家董其昌，而后由"画"入"园"。明清之际的名流包括黄宗羲（1610—1695）、吴伟业（1609—1672）均为张南垣撰写过传记以纪念其生平。[①]

有关上述造园师的写作为园林设计的艺术与实践构建了一个特别的语境。其独特之处一是在于其对园林设计与绘画的联结，二则是在于其对造园师的刻画。这些造园师不仅天赋异禀、诙谐风趣，更是被描绘成与作家"不同"的形象而加以突出的。比如，张南垣被形容为肤色深、个子矮、体态丰满。黄宗羲评价他为史上"首位造园艺术家"。黄宗羲认为园林设计即是三维的山水画，并以二维肖像画到三维雕塑的演变类比园林设计的发展。[②]在《园冶》自序中，计成自述了与张南垣相似的绘画背景："不佞少以绘名，性好搜奇。"[③]黄宗羲将园林设计的源头追溯到绘画，无疑是在试图把园林设计的地位由匠人之工提升为画家之艺。张南垣和计成被描述为艺术天才，他们都在堆叠石块失败后对着凌乱不堪的成品放声大笑。[④]这样的笑声使得造园师的形象显得自然、活泼，同时又体现了他们对于这些"山水雕塑"有着超越常人的理解与品味。

在晚明"另类"思想家李贽（1527—1602）的影响下，文人对于造

---

① 谢国桢："叠石名家张南垣父子事辑"，国立北平图书馆馆刊 5，no. 6（1931）。

② 谢国桢："叠石名家张南垣父子事辑"，p.14. 张南垣设计的名园包括工部主事李逢申的横云山庄、参政虞大复的豫园、太常少卿王时敏的乐郊园、礼部尚书钱谦益的拂水山庄、吏部文选郎吴昌时的竹亭湖墅等。

③ 计成：《园冶图说》，济南：山东画报出版社，2003 年。

④ 谢国桢："叠石名家张南垣父子事辑"，p.14；计成：《园冶》.

园师的记述似乎在努力"求真"。① 吴伟业和黄宗羲引领了文人为如著名的说书人柳敬亭等"小人物"撰写生平轶事的潮流。② 所有这些记述都强调了园林设计与绘画的联结，也为造园师们赋予了常常与晚明文人联系起来的风流态度。这一关于"风流"的语境对这些文章的内容、语气以及核心理念的影响并不亚于文章中所描述的那些或虚构或真实的人物的个性与行为，正是这些观察者对匠人们的敏锐捕捉为后者创造了大量的符号资本。

计成的《园冶》则提供了另一组视角：书中除了声名狼藉的阮大铖（1587—1646，另有一说 1586—1646—编者注）所写的《冶叙》外，另有计成的一幅自画像。后世对计成了解甚少，只是知道他先学习绘画而后成为造园师。周绍明（Joseph McDermott）认为阮大铖将计成视为晚明流动性较强的社交网络中上层文人的一员，尊称计成为"神工""哲匠"。周绍明还指出计成同样秉持文人的价值观以获取文人读者的接受，比如蔑视腹内草莽的权贵。③ 计成也许深谙文人之道，并以相应的方式描述自己和自己的造园技术来获得潜在的赞助。然而，计成尽管在某些方面迎合了潜在赞助人的品位，但他仍然努力为自己的匠造技术赢取空间与欣赏，这在他对造园师重要地位的强调中体现得尤为明显。计成写道：

> 世之兴造，专主鸠匠，独不闻三分匠、七分主人之谚乎？非主人也，能主之人也。古公输巧，陆云精艺，其人岂执斧斤者哉？若匠惟雕镂是巧，排架是精，一架一柱，定不可移，俗以"无窍之人"呼之，其确也。故

---

① 左东岭：《李贽与晚明文学思想》，天津：天津人民出版社，1997 年，p.160–p.165.

② 张岱《柳敬亭说书》译文见 David Pollard, The Chinese Essay (New York: Columbia University Press, 2000), p.89–p.90. 孔尚任的《桃花扇》使"柳敬亭"的形象深入人心。

③ Joseph McDermott（周绍明），"Review," review of The Craft of Gardens by Ji Cheng, trans. Alison Hardie, Garden History 18, no. 1 (1990), p.72, p.74.

凡造作，必先想地立基，然后定期间进，量其广狭，随曲合方，是在主者，能妙于得体合宜，未可拘率。假如基地偏缺，邻嵌何必欲求其齐，其屋架何必拘三、五间，为进多少？半间一厂，自然雅称，斯所谓"主人之七分"也。第园筑之主，犹须什九，而用匠什一，何也？园林巧于因、借，精在体、宜，愈非匠作可为，亦非主人所能自主者，须求得人，当要节用。①

在《园冶》之前，造园师虽然地位高于匠人，却仍然属于同一类人，而计成则坚持将自己的艺术与职业匠工明确区分开，称造园师为"主"，造园工人为"匠"。由此，他将造园师作为园林真正的"主人"，而刻意忽略园林真正的所有者。"非主人也，能主之人也"一句一方面降低了园林所有者的地位——他们不过是名义上的"主人"；另一方面，此句也点明督造整个建园工程的设计师才是园林真正的主人。园林所有者所能做的只有择良"主"，即"须求得人，当要节用"。计成通过书写和推销自己的专业性，充分显示出自己在造园方面的艺术价值，也表露了自己才应当被认为是其所造园林的真正主人。

李渔同样也自称是园林设计专家，但他在各个方面都区别于上述明代造园师：他并非画家，也并非工匠，而是在文学界已有名声的职业作家和出版家。② 同时，《闲情偶寄》中"居室部"占据了大量篇幅。李渔并非是纸上谈兵的爱好者，他极力主张园林设计中的实用技巧，哪怕这些技巧并不常用。那么，他是如何运用这方面的专长并体现在文章中的呢？我们该如何看待他在清朝初期该文化生产领域的角色呢？在《闲情偶寄》中，李渔称张南垣、计成这类的造园师为"叠山名手"，谨慎地将自己与他们区别开来。而他加以区别的方法则是把张南垣传记

---

① 计成：《园冶图说》，济南：山东画报出版社，2003 年，第 33 页。
② 有关李渔承认自己不擅绘画，参见王概：《芥子园画传》。

中提到的"建构出园林设计师才能"的说法翻转过来。李渔认为广受尊崇的"韵士"能够顷刻间创作出千万幅山水，但他们却并不适合在三维空间以微观的方式再现这些景致。对李渔来说，绘画并不能演化为山水景观的设计，只是另外一种更为精妙的雅事。他甚至将请文人设计园林比作"向盲人问道"。他认为文人与园林的三维空间之间需要一种媒介，而"俱非能诗善绘之人"①的叠山名手们则为他提供了这一媒介的作用。李渔继而以扶乩招仙类比园林设计：正如不识字的招仙术士无法捏造神仙文辞，不通文墨的园林设计师同样也不会干涉园林创造的过程。

由这一系列的关联、论证，李渔认为凡所造之园都自然而然地反映了其所有者的个性，而非造园师的才能（与计成的观点相反）：

> 其叠山磊石，不用文人韵士，而偏令此辈擅长者，其理亦若是也。然造物鬼神之技，亦有工拙雅俗之分，以主人之去取为去取。主人雅而喜工，则工且雅者至矣；主人俗而容拙，则拙而俗者来矣。有费累万金钱，而使山不成山、石不成石者，亦是造物鬼神作祟，为之摹神写像，以肖其为人也。一花一石，位置得宜，主人神情已见乎此矣，奚俟察言观貌，而后识别其人哉？

李渔将园林的审美特征直接归于园林所有者。这样的做法回避了计成作为创作原动力的造园技艺。考虑到李渔对以因果解释无常世事的倾向总体上持反对态度，这种回避尤为引人注意。

尽管李渔仅仅将造园师塑造为文人绅士和大自然之间的媒介，但他在《闲情偶寄》中对于园林设计的看法却与计成和张南垣在很多方面不

---

① 李渔：《闲情偶寄》，第 195–196 页。

谋而合。李渔同样对有些富人花费重金和人工从千里之外将巨石运至园中的做法感到荒谬。① 李渔和计成都主张以泥土与小石块混合，经过精心塑造来模仿大型岩石的外形，而非斥重金搬运原石。② 李渔也具备和计成与张南垣一样敏锐的感性，鄙视那些要求设计师摹仿照搬某某名园的人，鼓励他们根据自身情况进行摸索与创新。李渔将此举与写文章进行类比，指出即便是天资再贫乏的作者也不会一字不差地照搬别人的文章，而在园林设计上也是同样道理：

> 噫！陋矣。以构造园亭之胜事，上之不能自出手眼，如标新创异之文人；下之至不能换尾移头，学套腐为新之庸笔，尚嚣嚣以鸣得以，何其自处之卑哉？③

计成试图将造园师的技艺描述成一种正统的艺术形式和职业，而李渔则希冀证明园林设计是一项任何文人都可以投入的活动。

这样的差异与李渔和计成、张南垣等之间不同的职业以及社会身份是一致的。计成为赞助人设计园林，比如政治大佬阮大铖；张南垣为文化名流设计园林，如著名诗人钱谦益和知名画家王时敏；而李渔则是把自家园林作为其写作内容的中心。因此，他可以将自己定位为文人设计师，而非"职业"造园师，尽管往来书信、文章评论和其他记录都显示，李渔至少为他人设计过两处园林，还计划对其他几座园林提供意见。但即便如此，他的园林设计依然拓展了文人活动被认可与接受的范围，称其为"半职业造园师"并不为过。

园林鉴赏家常常会为才华横溢的造园师没有得到足够的空间施展全

---

① 谢国桢：《叠石名家张南垣》，第 15 页；计成：《园冶图说》；李渔：《闲情偶寄》，第 197 页。

② 李渔：《闲情偶寄》，第 195–196 页。

③ 李渔：《闲情偶寄》，第 165 页。

部技艺而感叹。郑元勋在计成《园冶》的《题词》中赞美道："吾与无否交最久，常以剩山残水，不足穷以底蕴，妄欲罗十岳为一区，驱五丁为众役，悉致琪华、瑶草、古木、仙禽，供其点缀，使大地焕然改观，是一快事，恨无此大主人耳！"① 在收录于《李渔全集》的一封书信中，李渔友人、著名诗人尤侗写了类似的批语。在这封信里，李渔与龚鼎孳（芝麓）（1616—1673）讨论是否可能由李渔为龚氏在南京芥子园附近再设计一座园林："入芥子园者见所未见；读《闲情偶寄》一书者，闻所未闻。使得市隐名园，展其胸中丘壑，更不知作何等奇观？读此痒人心目。"② 尤侗将李渔在造园方面的才华与其脱俗的文笔作比较，巧妙应和了"惋惜天资卓越的造园师往往怀才不遇"的传统。但同时，尤侗并没有像传统做法中那样将造园与绘画作比较，而且李渔也是一位能够在纸上驰骋才华的作家。尽管李渔与龚鼎孳的关系并不是完全平等的，但他们之间也不是计成与阮大铖那种传统意义上的艺术家与赞助人的关系。阮大铖可以以给予者的姿态准许计成客串文人的角色，但是龚鼎孳却不能如此怠慢李渔。

在李渔的写作与实践中，他设计了许多文化和社会空间，这些空间使得他获得了对园林最终呈现的控制权。同时，他既避免了把自己与其他地位较低的造园师混为一谈的尴尬局面，也回避了如晚明文人一样赞美这些造园师非凡才能的趋向。在《红楼梦》关于园林设计与建造的描述中，不同人在其中扮演的角色都集中在了李渔一人身上——他不仅是园林的设计师以及所有者，还担当了清客的角色，负责词曲演习、选姿修容；山子野的形象更类似于张南垣和计成而非李渔，因为李渔具有更

---

① 郑元勋《题词》，计成：《园冶图说》，济南：山东画报出版社，2003 年，第 29 页。

② 李渔：《笠翁一家言》，《李渔全集》（浙江古籍出版社，1992 年），第一卷，第162 页。这是李渔写给龚鼎孳的一封信的批注，写于李渔知道龚鼎孳计划致仕并邀请李渔为他在南京芥子园附近设计一座园林之后。此信见于《笠翁一家言》。

加广泛的专长，一人负担多重任务。

戏曲剧场的社会空间

自从"园林"占据晚明文人想象空间的中心，其最鲜明的一个特点就是可供参观、游览，于是交朋会友便成为园林的主要功能之一。聚会上常见的娱乐活动包括品茶、饮酒、玩月、吟诗、歌舞、抚琴等等，然而在种种的娱乐活动中，需要最多资源来经营的还是要数戏曲表演。将园林与戏曲表演相联系的描述多见于对晚明和清初豪门贵府的记述中。沈德符在《万历野获编》中记述："嘉靖末年，海内宴安，士大夫富厚者，以治园亭，教歌舞之隙，间及古玩。"① 与沈德符相似，许多晚明、清初的文人都不约而同在笔记中把园林和戏曲记录在一起。金埴描述了冒襄的"园亭声伎"，史玄用同样的四个字来勾勒田弘遇的园林，可见对园林所有者来说，"园亭"与"声伎"是缺一不可、互相成就的，只有二者兼而有之方可成就名园。更不用说名人，养优蓄乐却没有坐拥一座园林似乎闻所未闻。同理，偌大的园林倘若没有家班上演歌舞似乎也显得空空荡荡。观看戏曲表演，从而使得园林生机勃勃、丝竹绕梁，成为清代园林日常消遣的主要活动。

在李渔看来，女子是园林空间的重要组成部分。在《闲情偶寄》中，李渔阐释了姬妾（如其家班中的女伶）和正妻之间的区别，将姬妾比作园林：

> 至于姬妾婢媵，又与正室不同。娶妻如买田庄，非五谷不殖，

① 沈德符：《万历野获编》，北京：中华书局，1980 年. 如下文章中引用：詹浩宇：《明末清初私人养优蓄乐之探讨——以李渔家班为例》，台湾"中央"大学，2010 年，第 99 页；詹浩宇同时也引用了金埴：《巾箱说》，北京：中华书局，1982 年，第 67 页；史玄：《旧京遗事》，北京：北京古籍出版社，1986 年，第 38 页。18 世纪学者赵翼在《瓯北集》中告诉他的读者："园林成后教歌舞，子弟两班工按谱。"赵翼：《瓯北集》，上海：上海古籍出版社，1997 年，第 13 页。

非桑麻不树，稍涉游观之物，即拔而去之，以其为衣食所出，地力有限，不能旁及其他也。买姬妾如治园圃，结子之花亦种，不结子之花亦种；成荫之树亦栽，不成荫之树亦栽，以其原为娱情而设，所重在耳目。[1]

李渔在《习技》中延伸了这一比喻，开篇便反驳"女子无才便是德"的普遍看法。他的观点以女子的不同类型为依托，使他即便在为女性身体创造适合其他社会角色的形象时，依然保证了"妻子们"所被要求具备的"女德"没有受到挑战。[2] 这样，其他的女性身体被免除了传宗接代的义务，成为园林空间的从属与化身。园林和姬妾一样，有结子之花，有观赏草木，有实用的也有娱情的。李渔畅想着他的园林能够容纳一种新型女性。

在描述自己园林设计的天赋时，李渔往往会联系到戏曲表演的光影与声音。正是后者使得园林的日常生活空间活跃起来。李渔视为其"两绝技"中"一技"的"辨审音乐"概括了导演一晚戏曲演出所需要的综合技能：

性嗜填词，每多撰著，海内共见之矣。设处得为之地，自选优伶，使歌自撰之词曲，口授而躬试之，无论新裁之曲，可使迥异时腔，即旧日传奇，一概删其腐习而益以新格，为往时作者别开生面，此一技也。[3]

李渔声明自己亲自选角，口传身授，教导演员们戏曲表演的方方面面。他想象她们表演由自己亲自填词、谱曲的新作，但同时他也夸耀自

---

① 李渔：《闲情偶寄》，第 142 页。

② 在一条批注中，尤侗注意到了这种理念上的改变所带来的一个可能的影响："叶天寥以德才色为妇人三不朽。笠翁以德属妻，以才色属妾更为平论，且可息入宫之妒矣。"李渔，《闲情偶寄》，第 142 页。

③ 李渔：《闲情偶寄》，第 156 页。

己改编旧本并使其焕然一新的能力。

在芥子园于 1669 年落成之际，李渔已经被赠予了几位天赋较好的、可以在园内演出的姬妾。[①]他获得的第一位姬妾在身后被呼为"乔复生"，是于 1666 年在李渔漫长的寻求赞助之旅伊始，由平阳长官赠送的。乔复生是李渔家班中的旦行演员。[②]第二年在兰州，王再来被送予了李渔，负责家班中的生行。[③]两位女子在演出了六年之后便相继不幸早逝，年仅十九岁。李渔在写给她们的合传中追忆了她们共同的时光。在李渔笔下，她们都天赋异禀，稍加训练便可随时随地在任何庆典活动中演出。[④]

对空间性的关注有助于我们理解女性在戏曲演出和园林的社会环境中的角色。在《乔复生王再来二姬合传》中，李渔描述了乔复生从帘后的观众到台上惊艳观者的演员逐渐过渡的过程。李渔先是对园林的物理空间精心设计，然后对女子的身段和音色悉加调教，最终使得其姬妾的登台亮相看上去水到渠成、不费吹灰之力。

在《合传》中，李渔写道，在被赠与乔姬的当日，自己与三五知己命伶工演奏其新撰传奇《凤求凰》，而"二姬垂帘窃听"。[⑤]自观场之后，乔姬每至无人之地，便自己吟唱，见人即止。[⑥]这正是乔姬的第一次转折——她从一个隐匿的观众转变为一位无观众在场的表演者。很快，

---

① 现留存有有关家姬们演出李渔自撰的新传奇与其改编的旧传奇的相关记录。

② 1668 年，李渔开始了第二次寻求赞助的长途旅行，到过安徽、江西、广东、广西、湖南。

③ 李渔：《笠翁一家言》，《李渔全集》第一卷，第 95 至第 100 页。两位为李渔和其友人表演的女子都是赞助人作为礼物赠与李渔的。有记录显示至少还有一位曹姓家姬是 1645 年金华府同知许檄彩赠与李渔的"乱后无家暂入许司马幕"。李渔，《笠翁一家言》，《李渔全集》第二卷，第 162 页。在 1668 年南下之旅中，李渔于广州买了一位无名女子，他随后在家书中告知了此事。李渔《李渔全集》第十九卷，第 64 页。

④ 李渔：《笠翁一家言》，《李渔全集》第一卷，第 95 至 100 页。

⑤ 李渔：《笠翁一家言》，《李渔全集》第一卷，第 95 页。

⑥ 李渔：《笠翁一家言》，《李渔全集》第一卷，第 96 页。

李渔友人中"客有求听者",于是李渔将听众"以罘罳隔之",乔姬则在帘后歌唱。[①] 这场表演标志着第二次转折:乔姬从无观众的表演者成为了藏在帘后的表演者,观众只闻其声不见其人。

这次表演之后,乔姬开始着手组建家班。她要求有洞箫伴奏,还要求其他姬妾为她登台搭戏。李渔聘请了老优授乔姬以歌,而后乔姬又亲自教授王再来。乔姬解释组建家班,可将主人新撰之曲秘之门内,勿使诸优浪然。此时,关键界线之所在已非遮蔽女子的"罘罳",而是分隔出内外的家门。李渔的叙述向读者保证了只要演出是在自家门内,便是可以被接受的,而遮挡姬妾真容的帘子也被心照不宣地撤掉了。

然而,家班的女孩们习得了一些剧目后,便开始为"宾之喜者,友之韵者,亲戚乡邻之不甚迂者"表演,"亦未尝秘不使见"。[②] "秘"开始指的是家班可令新撰之曲在家门内秘不外传,而此处李渔指出家班从成立之初就没有限制任何人观看她们的表演。由此,在宾客们的注视下,女孩们的"声"与"身"都进入了表演者的空间。然而,李渔及其友人从未将这些女子唤作"女乐""伶工",而是将她们称为"家姬""奉女"。这样的称呼彰显了更高的地位,此前,它们只是偶尔用于指代女演员。

随着妇女从帘后来到台前,她们在园林的社会空间中开始扮演新的角色。该社会空间的重要特征之一是模糊界限、制造幻象的能力。在《闲情偶寄》中,李渔说妇人扮生角难,扮丑角更难,因为这些角色需要行大步,对缠足小脚来说尤为勉强。在《习技》篇尾,李渔总结性地解释了"美妇扮生"如何能够跨越台上和台下的分野:

---

① 李渔:《笠翁一家言》,《李渔全集》第一卷,第 97 页。
② 李渔:《笠翁一家言》,《李渔全集》第一卷,第 98 页。

至于美妇扮生，较女妆更为绰约。潘安、卫玠，不能复见其生时，借此辈权为小像，无论场上生资，曲中耀目，即于花前月下偶作此形，与之坐谈对弈，啜茗焚香，虽歌舞之余文，实温柔乡之异趣也。①

出色的女演员在台下扮生角可以模糊舞台和园林的界限。她以舞台上的生角形象参与园林中的其他消遣活动，但不扮演任何角色。她的功能是将参与者带入虚构的世界。园林原本就是一座包含舞台空间的剧场，而"美妇"于台下"扮生"则使得园林划分出一个新的舞台空间。在这个新的空间中，参观者与家姬们共同参与了表演。读者则通过李渔的文字表述同样获邀（于纸上）观赏这一表演，并想象他们也身临其境。②

尽管在《闲情偶寄》中，李渔并未直接提及姓名，但在描述"美妇扮生"这一场景时他必然想到的是自己扮演生角的姬妾王再来。在《合传》中，李渔有关于这一姬妾的详细描述：

声容较之复生，虽避一舍，然不宜妇而宜男，立女伴中似无足取，易妆换服，即令人改观，与美少年无异。予爱其风致，即不登场，亦使角巾相对，执尘尾而伴清谈。不知者，目为歌姬，实予之韵友也。③

----

① 参考夏颂，"Seeing the World through Xianqing ouji (1671): Visuality, Performance, and Narratives of Modernity," p.20. 夏颂认为通过让男装的女性来扮演知己朋友，李渔"以创造新符号的名义打破了历史性和性别的常规"。她认为这种新符号"挑战了闺房与舞台之间常规的、以女性是否可见为区别标准的界限"。"幻象的符号既不是盲目的模仿也不是表演主义式的自我映射，它介于历史记录的事实与大众想象的图像画面之间，充当二者的媒介，调和了它们之间的差异。" p.21.

② 袁书菲将这种戏剧性模式的关系概念化为社会差异。她认为："观者进入了景观（spectacle）中，但同时也以全知者的视角对其进行观察，这就产生了一种我称之为是参与式（participatory）和全景式（panoramic）的观—演关系（spectatorship）。" *Worldly Stage: Theatricality in Seventeenth-Century China*, xii, p.56.

③ 李渔：《笠翁一家言》，《李渔全集》第二卷，第 217 页。

在《闲情偶寄》中，李渔探讨的是坤生演员在园林中扮演文友的概念或可能性，而在《合传》中，李渔道出了写作时脑海中特定的女子。他依然认为自己比其他的观者更具有洞察力，其他人始终视女子们为李渔之姬妾，但在此段描述中，这位姬妾在台下的生角扮相已远非技巧性表演，而更多的是浑然天成地扮演自己天生最适合的角色。在令这位姬妾主工生行之前，李渔仔细观察过这位年轻女子，认定她"不宜妇而宜男"。"宜男"通常指谓女子多子，笔者在李渔之外，未曾发现用该词形容与生理性别区别开的天然社会性别特征的情况。正如李渔所述，她的角色只是通过做自己来娱乐他人，亦因如此，她与李渔自己在园林社会空间和戏曲表演中的角色颇为接近，后者推广了一种互动式体验，使来到园中的客人们粉墨登场，进入表演的世界。张壶阳对此段的评语恰好证明了王再来也成功创造了这种互动式体验："脱脂粉气，有儒者风，翁恰在登场中。"①

兴造芥子园和组建家班对李渔有重要的社会意义，因为这让他拥有了属于自己的招待宾客的场所。记录到访芥子园经历的文字大部分都提到了戏曲表演。其中，关于家姬表演最早的记录是李渔自己提到的在1668年元旦于彭城李申玉家中，"家姬试演新剧"以庆贺李夫人生辰。②在接下来的五年中，李渔家班为友人和清朝官员举行的大部分演出都在芥子园内上演，不过他也带上女孩们去往外地寻求赞助。

李渔的客人们到访芥子园，体验的是一种独特的社会空间。1669年，李渔好友、明朝遗民、诗人方文（1612—1669）携客孙承泽（1592—1676）登门。孙承泽在明朝做过官，也在清廷任吏部左侍郎，直至1654年告病回乡。方文有诗一首记录了这次临时起意之行：

---

① 李渔：《笠翁一家言》，《李渔全集》第二卷，第 217 页。
② "李申玉寿联"，李渔：《笠翁一家言》，《李渔全集》第一卷，第 236 页。

> 我友孙公渡江来，特地叩门门始开。
>
> 为言老兴须鼓舞，不应枯寂同寒灰。
>
> 因问园亭谁氏好，城南李生富词藻。
>
> 其家小园有幽趣，累石为山种香草。
>
> 两三奉女善吴音，又善吹箫与弄琴。
>
> 曼声细曲肠堪断，急管繁弦亦赏心。①

诗中将李渔的园林描绘成友人乃至外地访客相聚的地方，园中的女子们是主要特色。这次到访在多个方面都具有典型性。首先，参与者包括李渔、一个或多个诗人或遗民友人，以及至少一位现任或前任清廷官员。尽管李渔的大部分文章都刻意不谈政治，但他提供的娱乐活动却为参观者提供了得以暂时从现实中抽离的空间；其中一些参观者在他们的作品中表达了深深的"遗民情结"，从这个意义上讲，李渔为这些人在清朝的大氛围下打造了一方喘息的空间。其次，记述园林设计、消遣活动的文字都提到了戏曲表演，而充当剧场的园林场景则成为了观演体验的核心。最后，作诗、和诗往往是游览园林时的重要活动。诗词创作使得游览的焦点从演员身上又回到了观者身上。尽管这些创作多是为游园提供文字记录，但这样的活动依然彰显了参观者体验到的"观—演关系"（spectatorship）。

在接下来的 1670 年，另一位清廷官员杜子濂（1622—1685）在芥子园的浮白轩内填词一首。杜子濂于 1648 年中进士，1670 年任分巡江镇道。像他这样的官员到访芥子园通常会给李渔带来一些酬劳。《李笠翁浮白轩》中写道：

---

① 方文：《嵞山集》，上海：上海古籍出版社，2002 年，第 2 卷，第 112 页。

窗小浮光白，萧然处士居，

苔痕侵短径，竹影暗前徐。

夜饮天於卜，秋花锦不如，

金华三洞好，常拜赤松书。①

周处画边柳，依人袅袅长，

乱山含宿雨，小阁对斜阳。

时作空中语，闲烧心字香，

隔屏歌板奏，御史正清狂。②

该诗将李渔、宾客和家姬都置于芥子园内一个特定的场所中，即浮白轩。园中所有具象的特征都被记录其中：宾主、小径、石阶、花草、树木。诗中大部分关于时间的描述都指向时间在园林之外的世界里一去不复返，比如：苔痕、暗影、斜阳。这个时间以它的流逝构成园林的人与景。然而在诗歌结尾处凸显的消遣活动却打破了这种时间的流逝。"时"和"闲"被"语"和"香"赋予了一种新的时间感。在诗人和读者视线之外的歌板声则为此情此景加入了一条标记"园林时间"的音轨。

李渔常用家姬们的戏曲表演回馈声名闻达的文友们对他作品的支持。1671 年，李渔带着家姬赴苏州为其友人、同时也是著名诗人的尤侗（1618—1704）、余怀（1616—1696）和宋澹仙演出。③ 前两位长久以来一直为李渔的出版项目出力颇巨。尤侗于 1664 年和 1671 年分别为李渔的《论古》以及《闲情偶寄》作序，又于 1671 年为李渔的《四六初

---

① 赤松子，即黄大仙（黄初平），生于晋代，后得道成仙。"三洞"即其在金华山的住处。

② 杜澍：《湄湖吟》，第 11 卷，中国：杜墰增，1680，7:4b。

③ "端阳前五日，尤展成、余澹心、宋澹仙诸子集姑苏寓中观小鬟演剧。澹心首倡八绝，依韵和之。"李渔：《李渔全集》，第 2 卷，第 347 页。余怀诗参见《李笠翁招饮出家姬演新剧即席分浮》，余怀，《味外轩诗辑》（上海：上海古籍出版社，2009），10b–11b。

征》撰写文章。余怀于 1660 年为李渔第一部尺牍合集《尺牍初征》贡献了信札；和尤侗一样，他也为《论古》和《闲情偶寄》题写过序言，为《四六初征》撰写过文章。

而后，李渔于 1672 年元旦之际在家中举行了一场盛大演出。热衷于收藏绘画、倾心资助艺术家的清廷官吏周亮工（1612—1672）在场观看了演出。周亮工有文章收录于李渔的第一部《资治新书》，并为第二部题写序言，他还另有文章收录于李渔的《四六初征》，也曾为《闲情偶寄》和《一家言》作评。除了周亮工之外，在场观演的还有周亮工的好友吴冠五，翰林院侍读学士、也是常常参与评点李渔作品的方楼冈（即方孝标，1649 年进士），获鹿县知县方邵村（1648 年进士，有文章收录于《资治新书》和《四六初征》）以及翰林院侍读学士何省斋（1650 年进士，有文章收录于《四六初征》）。[1] 在他的作品合集中，李渔提到了其中最有名的三位——周亮工、何省斋和方邵村亦经常赞助芥子园中的戏曲演出。周亮工和何省斋还为芥子园中的景致题词，而题词的木刻复制品是为数不多的被李渔收录于《闲情偶寄》中的插图。

同样于 1672 年，有相关记录显示李渔家班曾为娄镜湖演出。李渔还为此赋诗二首，第一首诗中有"当筵枉拜缠头赐"句，而第二首首句为"啼饥容易损歌喉"[2]，都直接提到了家姬们（也间接包括李渔）有偿演出的事实。在《合传》中，李渔还提到了另外两位看过其家班演出的观众，即河南真阳知县顾且庵和沈乔瞻，可以确定后者在杭州观看过家姬们的表演。

尽管李渔的家班确会为其友人进行演出，但在现存记录中，大部分以诗文纪念的演出都包括至少一位仕清的文人，只有一位在《合传》

---

[1] 参考吴冠五评"后断肠诗十首"，李渔：《李渔全集》，第二卷，第 216 页。
[2] 李渔：《李渔全集》，第二卷，第 195 页。

中提到的观众不是清朝进士出身。如上文所述，这些文人大多数也参与了李渔其他的文化生产，为其著作及其他文集作评、写序、提供书信和文章。这些文人与李渔的园林及作品的联系是李渔重要的社会资本，而且作为政府官员，他们有着稳定的收入来源，因而能够给李渔提供经济支持。

家姬们的实际表演次数很可能比记录的要多。根据李渔在《合传》中的描述，她们似乎为家庭以及邻里间的各种日常集会提供表演。在《闲情偶寄》中，李渔设想了多种类型的潜在观众并设法让这些观众能够最大程度地享受戏曲演出："盖演古戏如唱清曲，只可悦知音数人之耳，不能娱满座宾朋之目。"[①]李渔的策略似乎是成功的，因为他通过家班和其他方面的收入足以支撑人口众多的大家庭，而且为当时最重要的文化人物提供了精彩的演出。

李渔的芥子园创造了一个场地——一个让志趣相投的友人得以在闹市中相聚的场地，这样的场地（可能由于各种原因）在晚明和清初都有广大的市场。李渔能歌善舞的姬妾们似乎已经成为游园的亮点。不过，对于李渔和那些跟他一起欣赏演出的友人们来说，家姬们也能够通过她们的表演在任何地方重现于园林中观剧的体验，真正使得园林的中心特色——如园中自有的、不受外界干扰的时间感——具有了便携性。这种便携性可能是李渔自 1666 年起负笈四方便开始考虑的问题。据《合传》所载，李渔带着家姬们去过河北、湖北、陕西、山西、福建、安徽和浙江，而依照其他有关她们频繁演出的记录，这些家姬极有可能在途中也会定期演出。这并不是试图将园林和演出剧场混为一谈，正如上文所述，李渔将园林视为一种特殊的所在，其自有无可替代的物质特征。但同时应该注意，这些女子们不仅代表了人们在游园中所看重的体验，而且可

---

① 李渔：《闲情偶寄》，第 68 页。

以不受地点限制，在任何一个场所创造这种体验。

小结：属于自己的园林

上述所有的切磋交游、夜夜笙歌都发生在日常生活空间中，并以评论、诗词、传记、序言的形式得以留存。但我们对李渔的园林理念的了解大部分仍是得益于《闲情偶寄》。正是有了这样的文字，读者才能神游于由李渔设计建造的空间之中。在李渔的传奇小说中，那些仿佛是作者妙笔生花流溢出的夸夸其谈实则与其园林设计理念互通。当造园师们还因循着从绘画到叠石的传统时，李渔已另辟蹊径，从讲述世间传奇故事到讲述关于真实空间和真实事物的故事了。

和一些同时代文人认为可以通过"纸上造园"留名相比，李渔始于纸上；而在本文所勾勒出的种种活动、实践中，他又超越了纸上回到现实世界。他"真实的"私家园林芥子园在《闲情偶寄》中只出现了三次：第一次是告知读者购买书籍和信笺的详细地址（将园林的具体位置标记于一个更大的坐标中，而不是曝光园林内部私密世界的细节）；第二次是在以名人题词标注园内景致的插图里；最后一次是在"种植部·石榴"中，并且最为详细地谈到芥子园的布局：

芥子园之地不及三亩，而屋居其一，石居其一，乃榴之大者复有四五株。是点缀吾居，使不落寞者，榴也；盘踞吾地，使不得尽栽他卉者，亦榴也。榴之功罪，不几半乎？然赖主人善用，榴虽多，不为赘也。榴性喜压，就其根之宜石者，从而山之，是榴之根即山之麓也；榴性喜日，就其阴之可庇者，从而屋之，是榴之地即屋之天也；榴之性复喜高而直上，就其枝柯之可傍，而又借为天际真人者，从而楼之，是榴之花即吾倚栏守户之人也。此芥子园主人区处石榴之法，请以公之树木者。[1]

---

[1] 李渔：《闲情偶寄》，第271–272页。

胸有丘壑的主人与石榴树之间的互动激发出了园林的种种面貌，这些面貌与上文关于社会交往的记录有所不同。此处，大小、比例、布局、特定的建筑与植物突然间都各得其所。树荫并不是消遣时间的象征，而是人人都可以享受的石榴树的一种特质。在这一段简短的论述中，李渔似乎表达了只要足够悉心地观察一棵石榴树，这棵树就可以自然而然地造出一座园林。《闲情偶寄》中只有这一段文字用了"芥子园主人"的名号，它揭秘了李渔私家园林的设计和构成。

不可否认，李渔建造芥子园和指导家班的经历都影响了《闲情偶寄》的最终呈现，但《闲情偶寄》却绝不能代表芥子园。李渔在《闲情偶寄》中很少提到"芥子园"的名字，对于家姬们也只是隐晦暗示。简言之，《闲情偶寄》是更广泛的概括，是纸上概念化的园林，一个人想要兴造园林可能涉及的视觉、声音的方方面面都在书中得以体现。但是除了上述关于芥子园的简短介绍，《闲情偶寄》中其他关于园林空间的描写都避免了对于布局的描述，李渔这样做是为了不被场地局限。正如李渔带着家班在长途跋涉中进行的戏曲演出一样，《闲情偶寄》的文字使得园林的所有体验都具备了便携性。不过它相较于其他"便携园林"（如只存于纸上的想象园林）的进步在于：尽管李渔作为作者贯穿文章的叙述，但书中的园林并不是属于他自己的。任何人都可以进入这座园林，在曲折幽深的小径里探索，触摸园中的物品。《闲情偶寄》中展现的园林是属于读者的。

李渔以芥子园和家庭戏班创造了在清初有着极高社会需求的空间。在充斥着失落的明遗民的世界中，李渔为那些沉浸于扮演他这位园林主人、其座上宾客乃至其家姬的知心友人的人们创造了城中的聚集地——在著述中、在私家园林里以及在家班远游所到之处。和避世于书本中不同，李渔既书写了改造现实的文学园林，也创造了超越文本的真实园林。

本书系北京外国语大学"双一流"建设重大标志性项目"中国戏曲海外传播:文献、翻译、研究"(项目编号:2020SYLZDXM036)的研究成果。